KB269528

지극히 나라는 통증

지극히 나라는 통증

비로소 나아가는
읽기, 쓰기

하재영 지음

얼어붙은 기억

호두나무 책상

욕망의 장소

'몸'이라는 전쟁터

중독과 불안

루바토 바에서

목록들

상실과 애도

반려종 사유

고통을 쓴다는 것

노동하는 동물

통증의 에세이즘

저주받은 말

내면의 유혈사태

문학동네

차례

서문 도착하지 않은 말로부터 7

1부 책상 위에서

얼어붙은 기억 : 말이 되지 않은 것을 말하려는 일 17
호두나무 책상 : 비로소 시작하는 나의 이야기 33
욕망의 장소 : 그곳에서 한 여자가 출발한다 45

2부 거울 앞에서

'몸'이라는 전쟁터 : 채워지지 않는 허기와 분투하던 날들 63
중독과 불안 : 냉장고에 술이 없을 때의 기분 79
루바토 바에서 : 거울 속의 '저 여자'와 오래전의 '그 여자' 95
목록들 : 사적인 상처, 공적인 폭력 111

3부 짐승 곁에서

상실과 애도 : 피피에게 *133*

반려종 사유 : 아무에게도 선택받지 못한 개로부터 *147*

고통을 쓴다는 것 : '말하지 않음'이라는 방식 *163*

노동하는 동물 : 어디에나 있고 아무데도 없는 *183*

4부 언어 속에서

통증의 에세이즘 : 모두가 아픈 시대, 나의 아픔을 쓴다는 것 *203*

저주받은 말 : 침묵하던 자가 입을 열 때 *219*

내면의 유혈사태 : 잃어버린 것을 회고하는 일 *235*

주 *250*

추천의 글 *254*

일러두기

1. 이 책에 인용된 작품 가운데 저작권이 있는 작품은 대부분 사용 허가를 받았다. 다만 저작권자와 연락이 닿지 않아 허가를 얻지 못한 일부 작품은 저작권자를 확인하는 대로 허가 절차를 밟을 예정이다.
2. 단행본 제목이나 매체명은 『』로, 기사나 논문, 단편의 제목은 「」로, 공연이나 영화 제목은 〈 〉로 표기했다.

도착하지 않은 말로부터

　어떤 이야기는 '말의 결핍' 속에 존재한다. 말하지 않음도, 말하지 못함도 아닌 다만 말이 도착하지 않은 상태. 아직 나의 것이 아닌 말, 미처 건너오지 못한 말, 부재하고 지연된 말이 결핍 속에 머문다. 여기는 문장이 되지 못한 말이 갇힌 곳, 동시에 새로운 말이 태어나기를 기다리는 여백이다. 도착하지 않은 모든 부적절한 말이 이곳에 있다. 우리가 가진 문법을 부수고, 모르는 세계를 열어줄 말이.

　글을 쓰는 동안 '무엇을 썼는가?'보다 '무엇을 쓰지 못했는가?'에 더 오래 머물렀다. 즉, 말의 충만이 아니라 말의 결핍에. 폭력에 대해 쓰려고 하면 몸이 굳었고, 통증에 대해 쓰려고 하면 어휘가 떠오르지 않았다. 욕망이나 중독은 부끄러움이어서 내면의 감시자를 잠재우지 않고는 한마디도 적을 수 없었다. 쓰지 못한 이야기는 끝내 나의 말이 되지 못했으나, 그 결핍이야말로 '내가 누구인가?'라는 질문에 대한 증명이었다.

원고의 절반은 지난가을 치앙마이로 떠나기 전에, 나머지 절반은 돌아온 후에 쓰였다. 치앙마이에서 지냈던 석 달 동안 나는 책을 읽지도, 글을 쓰지도 않았다. 낯선 언어의 영토에서, 모국어로부터 멀리 떨어진 채, 언어에 대해—정확하게는 말할 수 있는 자와 말할 수 없는 자의 경계에 대해—생각했다. 생각은 하나의 질문으로 수렴되었다. *세상은 누구의 말을 듣는가?*

백인, 남성, 영어 원어민이라는 정체성은 전 세계 어디에서나 통용되는 특권이었다. 그들은 말할 수 있는 자리를 차지했고, 사소한 말에도 반응을 얻었으며, 조금만 말해도 배려받았다. 아시아 여성에 주류 언어 바깥의 존재인 나의 말은 대부분 도착하지 못했다. 느리고 불완전한 외국어로 말을 이어갈 때, 내 말은 들리지 않거나 기다려지지 않거나 이해받지 못했다. 발음이나 문법의 문제라기보다, 세계를 구성하는 질서와 태도의 문제였다.

언어의 가장자리로 밀려나는 경험은 말의 결핍을 심화한다. 극단으로 치달은 결핍은 침묵이 되고 침묵은 존재를 삭제한다. 이방인은 종종 입 없는 자가 된다. 나는 글을 쓰는 사람, 섬세하게 단어를 고르는 사람, 사려 깊은 표현을 찾아내는 사람, 정확한 문장을 좋아하는 사람, 경애하는 작가의 말을 즐겨 인용하는 사람이다. 그러나 그곳에서는 어눌한 말투를 가진 사람, 알아듣지 못한 질문에 당황하는 사람, 말할 틈새를 찾느라 눈치를 보는 사람, 혀끝에서 맴도는 이름을 발음하려다 말이 가로채이는 사람, 끝내 이해받지 못한 채 어색하게 웃는 사람이었다.

내가 속한 세계에서도 나는 종종 언어의 타자였기에, 두 언어의 경계에서 말을 찾아 헤매는 일은 낯선 경험이 아니었다. 얼어붙은 기억에 목소리를 부여하기까지, 나는 얼마나 오래 말을 잃었던가? 욕망의 장소를 마련하기까지 얼마나 오래 지배자의 언어를 흉내냈으며, 여성의 경험을 주변화하는 관습을 의심하기까지 얼마나 오래 세상이 정해놓은 문법을 내면화했던가? *세상은 누구의 말을 듣는가?* 세상이 들어주는 말을 하려고 나는 얼마나 오래 내가 아닌 채로 살았던가?

한국으로 돌아와 남은 원고를 써나갈 때, 여전히 언어는 입안에 갇혀 있거나 허공으로 흩어지거나 파편처럼 부서졌다. 그러나 더는 내 말이 들리는지 궁금하지 않았다. 언제나 그랬듯 내가 서 있는 곳은 확성기를 쥐여주는 무대 위가 아니라, 언어의 영토로 들어가기 전 '문 앞의 장소'였으므로. 들리지 않는 자리에서 말하는 행위는 너무 오래된 일이어서, 오히려 나는 그렇지 않을 수 있다는 사실이 잘 믿기지 않는다.

|||\\

나의 글쓰기는 결핍 속에서, 통증에 의해 형성되었다. 통증은 단순한 병리적 증상이 아니라 존재가 세계와 마찰하는 순간에 생겨나는 미세한 감각이다. 또한 말이 채우지 못한 자리에 발생한 공백이자, 말이 넘쳐 흐른 자리에 생겨난 잉여다. 이 낯선 감각은 기억과 몸, 타자와 언어의 경계를 가로지르며, 내가 지극히 나일 수밖에 없는 존재의 방식으로 드러난다. 제목처럼 '지극히 나라는 통증'이다. 통증은 나를 움츠러들게도, 소스라치게도 하지만 동시에 내가 누구인지를 자명하게 밝힌다. 그러니 말해지지 않은 말, 나의 것이 아닌 언어, 오래된 침묵을 기록한 이

글들을 '통증으로 써내려간 자기 탐구'라 불러도 크게 어긋나지 않을 것이다.

1부「책상 위에서」는 나의 글쓰기가 시작된 지점을 돌아본다. 얼어붙은 기억을 깨뜨리는 파열로서의 말, 존재를 승인하는 단상으로서의 책상, 욕망을 추동하는 장소로서의 공간에 관한 이야기가 실려 있다. 책상 앞에 앉아 문장을 써내려가는 일은 존재의 기원을 탐색하고 세계와의 거리를 측량하는 하나의 도전이다. 이 도전은 '경계 넘기'이자 '함께 되어감'의 경험으로, 홀로된 사적 공간에서 광장과 군중을 상상하는 시도이기도 하다.

2부「거울 앞에서」는 더없이 사적이면서도 은밀히 공적인 경험을 다룬다. 이것은 내가 무엇으로 구성되어 있고, 어떻게 욕망하는지에 대한 비문秘文이다. 거울 앞에서 마주한 나의 몸은 개인적 체험의 장이자 사회적 기호의 장이었다. 그 몸에서 일어난 사건들—중독, 폭력, 열등감, 나이듦—을 다시 겪어내는 과정은 여성으로 산다는 일의 의미를 거듭 확인하는 작업이었다.

3부「짐승 곁에서」는 동물을 중심으로 비인간 존재와의 관계를 말한다. 한때 그들은 나에게 완전한 타자였으나, 이제는 나의 윤리적 감각을 형성하는 자아의 일부가 되었다. 그러므로 그들에 대해 말하는 것은 나에 대해 말하는 것이다. 나의 윤리가 인간의 경계를 넘어 비인간에게로 확장될 수 있다면 그 매개 또한 통증일 것이다. 통증은 온전히 나의 것이면서 동시에 타자와 세계에 가닿게 하는 가능성으로 작동하기 때문이다.

4부 「언어 속에서」는 다시 글쓰기에 대해 묻는다. 나의 통증을 쓸 때 나는 나의 무엇을 쓰는가? 타자의 고통을 이야기할 때 나는 누구의 타자가 되는가? 저주받은 말은 우리를 어떻게 해방하고, 자기 정의에 개입하는 가부장적 정의는 우리를 어떻게 왜곡하는가? 이 질문들은 글쓰기를 통해 내가 망명하고자 하는 새로운 영토를 가리킨다. 비록 그곳에 이르지 못하더라도, 질문을 견디며 제자리에 머무는 일이 쓰는 자의 태도임을 이 마지막 부에서 확인하고자 했다.

오랫동안 나에게만 속해 있던 문장을 불러오기 위해 나는 여성 작가들의 책을 경유했고, 그들의 문장을 빌려서야 가까스로 어딘가에 닿을 수 있었다. 침묵은 우리를 보호한 적이 없다는 오드리 로드의 선언으로부터, 여자가 욕망의 장소에서 글을 쓰지 않는다면 표절을 하는 것이라는 마르그리트 뒤라스의 단언으로부터, 타자와의 얽힘을 통해 공동의 세계를 구성하려는 도나 해러웨이의 시도로부터, 자기 파괴의 서사를 해부하는 캐럴라인 냅의 탐구로부터 나는 나아갔다. 이 입 없는 자들과의 연대가 나를 더 먼 곳으로 데려가리라 믿었다.

|||\

'말의 결핍'이 말이 도착하지 않은 자리라면 '결핍의 말'은 도착하지 않은 자리에서 태어난 말이다. 침묵의 잔해에서 부서진 언어를 재건하고, 부서진 언어를 낯선 문장으로 창조하기. 말의 결핍과 결핍의 말 사이에서 더디게 쓴 이 글들은 완결된 진술이 아니다. 다만 부적절한 장소와 시간 속에서 균열을 일으키려 노력한 발화다. 나는 말이 도착하지 않은 바로 그 자리에서 다시 출발한다.

2025년 가을
하재영

1부

책
상
위
에
서

얼어붙은 기억

: 말이 되지 않은 것을 말하려는 일

정신의학과에 다니면서 깨달은 점이 있다면,
내가 단순히 살아남는 것이 아니라
진실로 살아 있는 것처럼 살고 싶어한다는 사실이었다.

남자의 몸 아래 깔려 목이 졸린다. 정신이 아득해지고 팔다리에 힘이 빠진다. 죽는구나…… 숨이 넘어갈 듯 기침을 하며 바깥으로 달아난다. 욕설이 들리고 뒤통수에 소지품과 옷가지가 날아든다. 나는 반 벌거벗은 채 맨발이다.

이 문단을 쓰기까지 오래 걸렸다. 책상 앞을 서성이며 일주일이 걸렸다. 아니, 그 일이 벌어진 날로부터 십수 년이 걸렸다. 어려운 일이지만 어려운 일이 아니기도 했다. 막상 쓰고 보니 이 사건이 오랫동안 마음에 품고 살 정도로 대단한 비밀이었나 하는 생각이 든다. 수많은 여자에게 매일 일어나는 평범한 사건일 수 있다는 생각도.

이 경험이 흐름과 인과를 갖춘 '이야기'였다면 글쓰기는 훨씬 고통스러웠을 것이다. 그러나 이것은 이야기가 아니다. 엄밀히 말하면 기억도 아니다. 고착된 채 움직이지 않는 이미지일 뿐이다. 기억과 '외상기억’은 다르다. 기억은 전개하는 이야기 속에 통합된 언어적 서사인 반면, 외상기억은 맥락 없이 감각과 심상으로 각인된 비언어적 파편이다. 정신분석학자 피에르 자네는 외상기억을 ‘기억이라는 이름으로 불릴 뿐, 사실상 기억이라 할 수 없다’고 말했다.[1] 그러므로 트라우마에 대해 말하는 것은 ‘말이 되지 않은 것을 말하려는 일’이다. 시간은 멈춰 있고 감각으로만 남은 장면—‘얼어붙은 기억frozen memory’—을 언어로 옮기려는 불가능한 시도다.

⫼

  소파들은 등받이가 맞닿도록 놓여 있다. 대기하는 환자들이 서로를 마주보지 않도록 배려한 것 같다. 나는 소파에 앉아 은색 펄이 섞인 검은색 타일 벽을 바라본다. 내가 들어갈 상담실 문 옆에는 접수처가 있다. 접수처에는 베이지색에 가까운 옅은 무늬목 책상이 있고 책상 위에는 물병, 손소독제, 카드단말기, 룸스프레이 등이 어수선하게 흩어져 있다. 뒤편에는 조제실로 들어가는 문이 있는데 입구에 앤티크 스타일의 붉은색 의자가 놓여 있다. 전화기가 울

20

릴 때마다 직원은 캐릭터가 그려진 탁상달력을 확
인한다.

　정신의학과를 찾은 것은 사건이 일어나고 10여
년이 지나서였다. 처음 내원한 이유는 신체형장애
somatoform disorder 때문이었다. 내과적 이상이 없는데
도 나는 수년째 다양한 신체 증상에 시달리고 있었
다. 병원을 찾기 직전에는 간헐적이고 갑작스러운
복부통증, 식사가 어려울 정도의 소화불량, 혀가 불
타는 듯한 구강작열감증후군, 수면중 다리가 제멋대
로 움직이는 하지불안증후군, 그 밖에도 불면증과
공황발작을 겪고 있었다. 여러 병원을 전전한 끝에
내과 의사들의 권유에 따라 정신의학과 진료를 받
았다. 1년이 지난 뒤 내가 받은 추정 진단명은 외상
후스트레스장애post traumatic stress disorder, PTSD와 2형양
극성장애bipolar Ⅱ disorder였다.

　정신의학과에 다니게 된 표면적 이유는 신체형장
애였지만 실은 내밀한 동기도 있었다. 그것은 내가
글을 쓰기 시작한 이유와도 같았다. 나를 이해하기,
그리하여 나를 벗어나기. 치료가 그저 의사에게 의
존하거나 처방받은 약을 복용하는 데 그치지 않기
를 바랐다. 스스로를 이해하고 벗어난다는 것은 힘

을 지니는 일이었다. 힘은 단순한 능력이나 역량이
아니며, 건강한 신체와 정신을 소유한 자들의 전유
물도 아니다. 여성이, 특히 외상기억을 가진 여성이
힘을 얻으려면 언제까지나 머무르고 싶은 안온한 세
계를 스스로 부수어야 한다. 타자가 파괴한 자신을
복구하고, 식민화된 몸과 정신으로부터 탈주해야 한
다. 어쩌면 그것은 버지니아 울프의 말처럼 "헐벗은
땅에 헐벗은 벽을 세워 올리는"2 일인지 모른다.

나에게 그 길을 알려준 여성의 이름은 안나 오다.
나는 이 이름을 장마르탱 샤르코, 피에르 자네, 요제
프 브로이어, 지크문트 프로이트처럼 현대 심리치료
의 근간을 만든 위대한 아버지들 사이에서 발견했
다. 그는 브로이어의 이름 없는 환자로 팔다리의 마
비, 시각장애, 청각·언어 장애, 환각, 의식상실 등 스
트레스로 인한 다양한 전환장애conversion disorder를 겪
고 있었다.

첫번째 외상 연구의 막이 열린 히스테리 시대*에
정신분석학자들은 자신의 치료 기법을 심리분석, 해
제, 카타르시스, 정신분석 등으로 명명했지만 안나
오는 '대화치료talking cure'라는 친밀한 이름으로 불렀
다. 의사와 환자가 협력하여 환자의 과거를 재구성

하는 과정에 착안한 말이었다. 대화치료에 대한 안나 오의 기록은 남아 있지 않지만, 1895년 프로이트와 브로이어는 그의 사례를 바탕으로 정신분석학의 시발점이 되는 『히스테리 연구』를 집필했다.

두 학자는 안나 오를 통해 환자가 무의식의 깊은 곳에 내재한 질병의 원인을 인식하면, 병증이 완화되거나 해소된다는 사실을 알게 되었다. 실제로 안나 오가 자기 인생을 새롭게 표현하면서 오랫동안 지속되어온 혼란이 사라졌을 때, 브로이어는 자신이 얼마나 놀랐는지 여러 번 언급했다. 안나 오는 무의식이 의식보다 강하게 작용할 수 있다는 사실을 확인시켰을 뿐 아니라, 치료 과정에서 환자가 수행하는 결정적 역할을 입증함으로써 스스로를 회복의 주체로 세웠다. 그는 환자에 머물지 않고 스스로를 치

■ 지난 세기 특정 심리적 외상이 세 번 공론화되었다. 그중 첫번째가 히스테리다. 여성만의 특수한 심리장애로 여겨졌기에 의사들은 이 질병이 자궁에서 유래하는 것이라 믿었다. 두번째는 탄환충격 또는 전쟁신경증이라 불리는데, 1차세계대전과 베트남전쟁을 거치며 참전군인들이 히스테리 환자와 유사한 증상을 보인 데에서 연구가 시작되었다. 마지막은 성폭력과 가정폭력으로 서유럽과 북아메리카의 페미니즘 운동을 동력삼아 활발한 연구가 진행되었다. 현대 심리적 외상에 대한 이해는 이 세 가지 외상 연구의 통합을 기반으로 한다. 주디스 허먼, 『트라우마』, 최현정 옮김, 사람의집, 2022, 24쪽.

유한, 정신분석사의 주요 인물이다.

최초의 대화치료는 브로이어가 갑작스럽게 관계를 끝내면서 종결되었다. 2년 넘게 거의 매일 이어져온 치료가 중단되자 안나 오는 정신병동에 입원해야 했다. 그러나 히스테리의 초기 연구자 가운데 이 탐색을 끝까지 이어간 사람은 심리치료의 위대한 아버지들이 아니라 환자인 안나 오였다. 브로이어에게 버림받은 뒤 그는 몇 년 동안 병마에 시달렸지만 끝내 회복했고, 여성운동의 영역에서 자신의 목소리를 되찾았다. 여성사상가 메리 울스턴크래프트의 논문 「여성의 권리 옹호」를 독일어로 번역했고, 연극 〈여성의 권리〉를 창작했으며, 여성주의 사회복지사로서 자신의 본명을 되살렸다. 그의 이름은 베르타 파펜하임Bertha Pappenheim, 1859~1936이다. (안나 오는 코드네임으로 베르타 파펜하임의 이니셜인 B. P.의 알파벳을 한 자리씩 앞당긴 것이다.) 그가 세상을 떠났을 때 철학자 마르틴 부버는 이렇게 추모했다.

"영혼의 인간이 있고 열정의 인간이 있는데, 이들은 생각하는 것만큼 흔한 사람들이 아니다. 그런데 더욱 드문 이들은 영혼도 있고 열정도 있는 사람들이다. 하지만 그중에 가장 드문 것은 '열정적인 영

혼'이다. 베르타 파펜하임은 그러한 영혼을 지닌 여
성이었다."[3]

Ⅱ

정신의학과에 다닌 지 3년이 지난 어느 날, 나는
변호사 사무실을 찾는다. 키가 큰 젊은 여성 변호사
는 당당하고 자신감에 차 보인다. "어차피 승산이 없
는 일인 건 알지만……"이라는 말로 나는 첫마디를
꺼낸다. 변호사는 나의 긴 이야기가 끝나기를 기다
렸다가 묻는다. "왜 승산이 없다고 생각하세요?"
  몇 개월에 걸친 물리적·언어적·성적 폭력을 견디
던 2011년 여름, 나는 경찰에 형사고소를 접수했다.
사건이 검찰에 송치된 뒤에는 가해자의 협박에 가
까운 회유로 아무 보상도 받지 않고 고소를 취하했
다. 그로부터 12년이 지났다. 2023년 겨울, 나는 민사
소송을 하기로 결심했다. 동일한 사건으로 다시 형
사고소를 할 수 없고 공소시효도 소멸되었다. 가능
한 것은 사건 이후에 발생한 정신적 피해에 따른 민
사소송뿐이었다. 성범죄 민사소송의 소멸시효는 '피
해 및 가해자를 안 날로부터 3년'이다. 피해를 안 날

을 병원에서 진단받은 시점으로 본다면 아직 시간이 남아 있다고 판단했다.

'왜 지금에야?' 세월이 지난 뒤 소송을 진행하는 수많은 피해자가 받는 질문을 나 역시 스스로에게 던져야 했다. 나는 이렇게 대답할 수밖에 없었다. 그때는, 그후로도 오랫동안 생존만이 중요했노라고. 이제는 '살아남는 것'을 넘어 '살고 싶다'고. 정신의학과에 다니면서 깨달은 점이 있다면, 내가 단순히 살아남는 것이 아니라 진실로 살아 있는 것처럼 살고 싶어한다는 사실이었다.

한편 나는 변호사 사무실을 찾기 전부터, 이 소송이 무용할 뿐 아니라 스스로에게 파괴적일지 모른다는 생각을 하고 있었다. 내가 가진 정보라고는 형사사법포털에서 찾아낸 사건번호와 인터넷으로 알아낸 가해자의 회사 주소뿐이었다. 12년 전 가해자는 모든 범행을 시인했지만 사건 기록은 10년이 지나면서 폐기되었고, 증거는 사라졌으며, 남은 것은 파편화된─그래서 아무도 믿어주지 않을─나의 외상기억뿐이었다. 나는 트라우마를 되새기느라 고통스러울 것이고, 송사를 진행하면서 피폐해질 것이며, 정신건강은 악화될 것이다. 소멸한 증거와 신뢰할 수 없는 증언으로 패배할 것이고, 그 결과는 고스란히 정신적·경제적 타격으로 돌아올 것이다.

그럼에도 불구하고 변호사를 찾은 이유는 설령 무용하더라도, 비록 파괴적이라도 무언가를 시도해보고 싶었기 때문이다. 나는 이 일과 관련해 단 한 번도 스스로 나선 적이 없었다. 그저 몇 달을 교제폭력에 시달리다 죽음의 공포를 느끼고서야 경찰서에 찾아간 것이 전부였다. 한 시간가량의 상담이 끝날 무렵 변호사는 말했다. "힘든 일을 겪고도 잘 살아오셨네요." 그리고 덧붙였다. "승소 가능성은 말씀드리기 어려워요. 다만 싸워봤다는 사실만으로 마음이 편해질 수는 있을 거예요."

나는 소송하지 않았다. 그러나 싸우지 않았다고 생각하지도 않았다. 이상한 일이지만 싸우겠다고 마음먹은 날부터 예전과 달리 활기가 넘쳤다. 삶에 대한 권한이 나에게 있다고 느꼈고, 치유하는 주체 또한 나라고 느꼈다. 사건이 있던 날부터 나는 서서히 죽어가고 있었는지 모른다. 아마 오랫동안 그런 상태로 지냈던 것 같다. 싸우자는 마음만으로도 죽어가던 나를 구제한 느낌이었다. 싸우지 않고도 싸우는, 회복되지 않고도 회복되는 순간이 있었다. 아주

조금 나아졌다, 한 번도 입 밖에 내지 못했던 외상기억을 문장으로 옮겨 쓸 수 있을 만큼은.

IIΛ

'열정적인 영혼'이라는 마르틴 부버의 찬사는 어떤 인간상을 의미할까? 안나 오, 혹은 베르타 파펜하임의 생애는 단편적으로만 전해지지만 그의 이력을 따라가다보면 그가 세상과 적극적으로 불화한 인물임을 알 수 있다. 파펜하임은 소녀를 위한 고아원을 지었고, 유대인 여성을 위한 여성주의 단체를 조직했으며, 유럽과 중동에서 여성과 아이의 성적 착취에 반대하는 투쟁을 전개했다. 한 동료가 말하기를, 그는 타인의 고통을 자신의 고통처럼 느끼며 여성과 아동에 대한 학대에 맞섰다.

파펜하임이 번역한 논문의 저자이자, 그보다 한 세기를 앞서 살았던 메리 울스턴크래프트는 어떤가? 그는 계몽주의가 주도하던 18세기 유럽, 여성이 남성에게 종속되는 것이 곧 자연법이던 시대에 여성의 인권을 처음으로 주장했다. 오늘날 울스턴크래프트의 이름 앞에는 '페미니즘의 선구자'라는 수식이 붙는다. 누군가가 타자와의 불화를 두려워하며 자기 자신과 불화할 때, 두 사람은 시대와 사회와 관습과 불화했다. 또한 여성은, 환자는, 피해자는 어때해야 한다는 고정적 통념에 불응했다. 불화하고 불응하는 불온한 삶, 그것이 두 사람을 열정적인 영혼으로 만들지 않았을까?

침탈당한 권리를 되찾거나 기존의 관념에 도전하는 행위는 너무나 거대하여 엄두도 낼 수 없는 일처럼 느껴진다. 그러나 지금의 내가 시도하고자 하는 바는 스스로 봉인해버린 시간을 해제하는 일이다. 한 걸음이라도 나아갈 수 있다면, 외상기억에 의미를 부여하고 생존자의 임무를 발견하고 싶다. 생존만으로도 버거운데 임무라니, 몇 년 전의 나였다면 화가 났을 것이다. 물론 어떤 외상은 평생 애도만 하기에도 검질기다. 바깥에 나가거나 다시 사람을 믿는 것만으로도 스스로를 칭찬해야 마땅하다. 그러나 주디스 허먼의 말처럼 피해자는 피해자였다는 사실을 인식하고 그로 인한 결과를 이해한 뒤에야, 외상경험에 담긴 의미를 삶에 통합시킬 수 있다.[4] 나는 그것을 염원한다. 두려움, 무력감, 고립감이 지나갔을 때 다시 세상과 연결될 수 있기를.

육체적·정신적 침범을 겪은 사람들이 진실을 말해야 한다는 임무를 발견한다면, 망각을 거부하고 침묵을 거부하고 은폐를 거부하고 허구를 거부하고 낙인을 거부하고, 그렇게 지금껏 거부하지 못했던 모든 것을 마침내 거부할 수 있지 않을까? 우리가 영영 숨어 있기를, 눈에 띄지 않기를, 사라지기를 바라는 사람들 앞에서 자리를 차지하고, 공간을 차지하고, 장소를 차지하는 것의 의미를 증명할 수 있지 않을까? 어쩌면 비언어적 감각을 언어로 옮기려는 불가능한 시도 또한 하나의 방식이 될 수 있지 않을까? 이를테면 "남자의 몸 아래 깔려 목이 졸린다"라는 문장으로 시작해 한 편의 글을 완성하는 일처럼.

한때는 나의 이야기가 분노, 복수심, 무력감, 억울함으로 수렴되리라 짐작했다. 이제 안다. 나의 서사는 훨씬 복잡하고, 단일한 감정으로 포착되지 않는다는 사실을. 외상기억 환자들이 들려주는 이야기가 그렇듯 나의 진실도 일관되기보다는 파편화되어 있다. 그러나 언어화할 수 없는 사건을 언어화하려는 의지는 창조적 에너지로 응축될 터이니, 나는 상처이자 영광으로 남은 흔적으로부터 나아가겠다. 이 글은 단독자이자 연결자로서 쓰는, 민사와 형사의

구분도 없고, 공소시효나 소멸시효도 없는, 얼어붙
은 기억에 대한 뒤늦은 소장訴狀이다.

| 함께한 책

• 주디스 허먼, 『트라우마』, 최현정 옮김, 사람의집, 2022.
• 버지니아 울프, 『자기만의 방·3기니』, 이미애 옮김, 민음사, 2006.

호두나무 책상[*]

: 비로소 시작하는 나의 이야기

다른 사람이 나에게 기대하지 않았던 가능성을
스스로에게 기대하며, 내 주위를 감싸는 거대한 침묵을
깨뜨릴 방도를 강구하며 책상 앞에 앉는다.

■ 이 글은 출판사 창비에서 발행하는 뉴스레터 〈언니에게 보내는 행운의 편지〉에 '나의 호두나무 책상에 대하여'라는 제목으로 발표한 서평을 새롭게 다듬은 것이다.

리베카 솔닛은 『세상에 없는 나의 기억들』에서 자신이 글을 쓰고 있는 책상에 대해 이야기한다. 그의 책상은 빅토리아 양식의 작고 장식적인 가구로, 중앙에는 폭이 넓은 서랍이 하나 있고 양옆에는 좁은 서랍이 두 개씩 있다. 솔닛은 다리가 여덟 개인 이 책상을 '수많은 물건을 등에 지고 있는 다리 여덟 개짜리 짐승', 혹은 '상판이라는 멍에에 매인 두 마리 짐승'이라고 표현한다.[5] 그의 비유는 책상을 단순한 가구가 아니라 오랜 시간 이야기를 품어온 존재로 바라보게 만든다.

내가 이 글을 쓰고 있는 책상은 평생 사용했던 것 가운데 가장 호화롭다. 양옆에는 작은 서랍이 세 개씩 있다. 뒤쪽은 책을 수납할 수 있는 책장의 형태다. 이 독특한 구조는 미드센추리모던 양식이 유행하던 시대에 등장했는데, 나의 책상은 20세기 중반에 활동했던 덴마크 디자이너 아르네 보더의 제품을 참고해 호두나무로 제작했다. 숙련된 목수가 수 작업으로 만든 가구는 견고하고 아름답다. 여기는 나의 이야기가 시작된 곳, 기존의 언어를 버리고 새로운 언어를 배운 곳이다.

호두나무 책상을 가지기 전에는 물푸레나무 책상이 있었다. 다리 네 개에 상판을 얹은 기본 형태였다. 그전에는 삼나무 소재의 조립식 책상이, 그전에는 나뭇결무늬의 시트지로 마감한 책상이, 가난한 작가 지망생이었던 시절로 거슬러올라가면 책상이라기보다는 밥상이라고 해야 할 좌식 탁자가 있었다. 컴퓨터조차 없었던 그때, 책상 앞에 앉아 공책에 글을 쓴 뒤 피시방에 가서 워드프로세서에 원고를 옮겨 적었다. 담배 연기로 희뿌연 피시방에서 게임에 몰두한 사람들 사이에 앉아 글을 쓰고 있으면 어디선가 이런 목소리가 들려왔다. "저그부터 죽여!"

그 책상들에서 나는 남성 작가가 쓴 책을 읽고 그들의 이야기를 흉내내어 글을 썼다. 나를 문학의 세계로 인도한 작가, 고전의 반열에 올라 불멸의 존재로 추앙받는 작가는 모두 남성이었다. 누군가에 대한 흉내내기는 그들과 나를 적극적으로 동일시하는 것, 그들의 사유를 체화하는 것, 그들의 세계에 소속되려고 노력하는 것이다. 나의 시선과 감수성은 소위 "여자를 모욕하는 걸작들",[6] 특히 죽은 백인 남성 작가의 고전으로부터 만들어졌으니, 나의 젠더는 명예 남성이었고 나의 습작은 나, 혹은 나 같은 처지의 여성을 압제하는 데에서 시작되었다.

내가 좋아했던 작품이 서머싯 몸의 『달과 6펜스』라는 사실은 의미심장하다. 이 전기 형식의 소설은 남성 예술가의 신화를 극단적으로 보여주며, 예술을 위해서라면 사회적 윤리나 인간에 대한 예의는 개의치 말라고, 존재가치를 증명하는 것은 오로지 작품뿐이라고 말하는 듯하다.

폴 고갱을 모델로 그려낸 천재 화가 찰스 스트릭랜드는 노골적으로 여성을 도구화한다. 성차별에 무감한 독자라도 이 소설의 여성 혐오적 성격을 모르고 지나치기란 어렵다. 주인공의 인생에 들어온 세 여성—첫 아내, 친구의 아내 블란치, 타히티 여성 아타—은 예술을 위해 버림받거나 죽거나 착취당한다. 나는 나의 젠더를 학대하고 멸시하는 이야기에 매혹된 것일까? 어쩌면 그 매혹은 오래전부터 움텄는지 모른다. 생애 초반에 읽은 동화, 이를테면 왕자에게 구원받는 공주의 이야기로부터 나는 남성이 세계의 지배자라는 사실을 학습했고, 나아가 그들을 닮고 싶다는 욕망을 품었다.

시몬 드 보부아르가 『제2의 성』에 썼듯이 남자는 적극적인 것과 중립적인 것, 즉 남성과 인간을 함께 나타내지만 여자는 소극적인 것, 즉 여성만을 나타내기에 여성이 인간으로 행동하는 것은 남성을 흉내내는 일이다. 이런 해석 체계는 여성에게 여자다움을 강요하는 것이 자연스럽다는 오해를 강화한다.[7] 이 강요와 오해는 나로 하여금 소극적 여성성에 대해 환멸을 느끼게 했고, 반대편에 있는 진취적 남성성을 동경하게 만들었다. '인간'으로 살기 위해서는 남성을 닮아야 한다.

나는 단테를 천국으로 인도하는 성스러운 베아트리체이고 싶지 않았다. 지상의 사랑을 버리고 '좁은 문'으로 들어가는 희생적인 알리사도, 사랑하지 않는 알렉의 사생아를 낳고 사랑하는 에인절에게 버림받는 순결한 테스도 되고 싶지 않았다. 세상이 '자연스럽다'고 여기는 여자다움을 거부하기 위해 나는 내가 아는 가장 마초적인 남자, 찰스 스트릭랜드 같은 인물을 선망했다.

그러나 이 선망조차 여성을 '결여된 존재'로 규정하는 시선에 갇힌 것이었다. 보부아르는 여성에 대

한 전형적 태도를 비판하면서 앙리 드 몽테를랑을
사례로 든다. 몽테를랑에 따르면 여자는 남자다움
의 결여이고, 이 운명에서 벗어나려는 여자는 인간
사다리의 가장 낮은 단계에 위치한다.[8] 예전의 내가
'남자다움의 흉내내기'를 '인간다움'으로 여겼던 데
에는, 몽테를랑과 같은 남성 작가들의 이원론적 전
통을 내면화한 이유도 있었을 것이다. 그들의 관점
에서 나는, 남자가 되지도 못하고 여자로 남지도 못
한 하층 시민에 불과했다.

│││\

　리베카 솔닛에게 책상을 준 사람은 그의 친구였
다. 친구는 책상을 주기 1년 전쯤, 헤어진 남자 연
인에게 열다섯 군데나 칼에 찔려 목숨을 잃을 뻔했
다. 친구는 그 일로 비난받았지만 가해자는 법적 처
벌을 받지 않았다. 솔닛은 자신의 글쓰기가 젊은 여
성의 존재를 지우려는 폭력에 맞서는 균형추였다고
회고하며 모든 글이 이 자리, 그의 기반이 된 바로
이 책상에서 시작되었다고 말한다.[9]
　어느 날 솔닛은 책상 앞에 앉아 동네의 옛 사진 자

료를 보려고 공공도서관 온라인 자료실에 접속했다. 그리고 1958년 6월 18일 집에서 한 블록 반 떨어진 건물에서 22세의 여성이 검은색 브래지어만 착용한 채 시신으로 발견되었다는 사실을 알게 되었다. 수사 결과 여성은 밧줄로 교살되었음이 밝혀졌다. 언론은 사건에 큰 관심을 보였는데, 그들이 초점을 맞춘 부분은 '섹스하고 술 마시는 젊은 보헤미안 여성'이라는 피해자의 행실이었다. 신문은 이 사건을 '살인으로 막 내린 플레이걸의 비천한 삶'이라고 보도했다.

솔닛이 공공도서관 온라인 자료실에서 발견한 기사와 같은 범죄를, 나도 책상 앞에서 찾아내곤 했다. 서울 관악구에 살았던 2004년부터 2006년 사이, 인터넷에 접속만 해도 나의 주거지와 인접한 곳에서 죽은 여자들이나 다친 여자들의 이야기를 접할 수 있었다. 이른바 '서울 서남부 연쇄 살인사건'이라 불린 이 사건은 열세 명이 죽고 스무 명이 중상을 입은 뒤 범인인 정남규가 검거되면서 끝났다. 여성가족부와 법무부가 '성범죄자 알림e' 사이트를 개설했을 때 내가 사는 지역을 입력하자, 한동네에 사는 대여섯 명의 성범죄자가 검색되었다. 나는 그들의 얼굴을 기억하려 애썼지만, 그들은 실제로 만나도 알아볼 수 없을 만큼 '평범한' 인상이었다.

내가 여성에게 가해지는 폭력에 관해 처음 이야기한 것은 지금 글을 쓰고 있는 자리, 호두나무 책상 앞에 앉으면서부터였다. 달리 말해 폭력의 한가운데에 있었던 젊은 시절, 견고하지 않은 책상에서 읽고 쓰던 시절에는 누구의 목소리로 이야기해야 할지조차 알지 못했다. 오랫동안 나는 더 크게 들리는 목소리—가해자의 목소리, 권력의 목소리, 그들에게 동조하는 목소리—에 억눌려 있었다.

주디스 허먼이 지적했듯, 천재지변 같은 재난이 일어났을 때는 자기 일처럼 비통해하면서도 인간이 인간을 고통에 빠뜨렸을 때는 양쪽 입장을 다 들어봐야 한다고 주장하는 경우를 본다. 그러느라 행동을 미루다가 시간이 지나면 잊는 것을 본다. 가해자는 사람들이 망각하기를, 아무것도 하지 않기를 바라기에 자주 성공한다. 피해자는 사람들이 기억하기를, 행동하기를 바라기에 거의 실패한다.[10] 과거는 잊고 미래로 나아가자는 회유, 망각과 침묵을 유도하는 방식이 반복된다. 가해자의 전략은 언제나 편리하고 피해자의 언어는 여전히 불리하다.

나의 언어, 나의 이야기는 언제 바뀌었을까? 여자를 모욕하는 걸작을 버리고, 죽은 백인 남성의 고전을 버리고, 명예 남성의 젠더를 버리고, 수치심으로 남은 습작을 버린 때였을까? (이 책의 참고도서가 증명하듯, 나는 여전히 제1세계라 불리는 문화권의 영향력 아래 있다. 나에게는 더 다양한 사람들의 목소리가 필요하다.)

나 같은 사람들의 절규가 들리지 않던 시절에는 내가 겪은 일을 불운한 사례, 이례적 사건, 일부의 이야기, 하나의 미스터리로 여겼다. 그러나 수전 브라운밀러가 지적했듯 여성을 향한 폭력은 공포를 통해 우리의 종속을 유지하는 정치적 통제방식이고,[11] 그 방식을 무너뜨리려면 더 많은 이야기가 필요하다. 나는 '나를 뿌리째 뒤흔든 사건'에 목소리를 부여하기로 했다. 그러나 내가 말하기 시작하자 세상은 말하는 방식, 이유, 시점, 때로는 말한다는 사실 자체를 문제삼았다. 살아남았다는 사실이 존중받지 못하는 세계, 고통의 진술에 불명예를 덧씌우는 사회, 진실이 판명되어도 의심과 비난을 멈추지 않는 현실에서 나는, 우리는 '살아가고 있다'는 사실에 긍지를 느낄 수 있을까? 나의 육신과 정신이 오롯이 나의 소유라고 확신할 수 있을까?

질문은 현상을 넘어 다른 차원을 향한다. 피해와 생존의 이야기가 많아지는 상황은 중요하고 의미 있지만 한편으로는 이와 같은 이야기가 쏟아지면서 익숙한 일, 기시감이 드는 일, 그래서 감응을 불러일으키지 못하는 일이 되고 있는 것은 아닐까? 활화산 같은 이야기가 기사 몇 줄로 납작해지고 피해 경험에만 초점이 맞춰진 채 피해 너머, 생존 이후를 상상하는 일은 점점 멀어지고 있는 것이 아닐까?

그럼에도 불구하고 비관을 말하는 대신 책상에 대해 이야기하겠다. 나의 이야기가 시작된 장소, 여성의 이야기를 읽으며 새로운 언어를 내면화한 장소, 평생의 가장 큰 사치로써 마련한 호두나무 책상에 대해. 상상 속에서 나의 방은 광장이 되고 책상은 단상壇上이 된다. 다시 말하지만 이 책상은 견고하고 아름답다. 세상이 주입한 언어를 버리고, 찬양받거나 멸시당하는 여성의 이야기를 버리고, 새로운 언어로 새로운 이야기를 하려면 견고하고 아름다운 단상이 필요하다고 믿었다.

다른 사람이 나에게 기대하지 않았던 가능성을 스스로에게 기대하며, 내 주위를 감싸는 거대한 침묵을 깨뜨릴 방도를 강구하며 책상 앞에 앉는다. 나는 고통스러운 기억 속에서 반복적으로 절단되고 훼손되는 사람, 조각난 기억 속에서 길을 잃고 헤매는 사람이다. 그러나 세상이 나에게 바라는 대로 숨거나 사라지거나 침묵하지 않는 사람이다. 이제 이 책상에서, 다른 이들이 시작한 이야기에 나의 이야기를 이어갈 것이다.

| 함께한 책

- 리베카 솔닛, 『세상에 없는 나의 기억들』, 김명남 옮김, 창비, 2022.
- 이라영 외, 『여자를 모욕하는 걸작들』, 문예출판사, 2023.
- 시몬 드 보부아르, 『제2의 성』, 이정순 옮김, 을유문화사, 2021.
- 수전 브라운밀러, 『우리의 의지에 반하여』, 박소영 옮김, 오월의봄, 2018.

욕망의 장소

: 그곳에서 한 여자가 출발한다

그들에게 욕망의 장소는 찰나의 순간에, 하루의 끝에,
모두가 잠든 밤에, 아무도 일어나지 않은 새벽에
'잠시' 나타나는 일시적 틈새였다.

나는 책상 앞에 앉아 있다. 여기가 집에서 나의 자리다. 맞은편 창문 너머로 담쟁이넝쿨에 뒤덮인 건물과 잎이 무성한 나무들이 겹쳐 보인다. 창문은 계절을 보여주는 액자다. 초여름인 요즘은 창밖이 짙은 초록빛이지만, 가을에는 짧게 단풍이 든 뒤 분위기가 스산해지고, 겨울에는 앙상한 가지 사이로 건너편 건물만 내다보인다. 여름 손님은 숲속에 있는 것 같다고 감탄하고, 겨울 손님은 풍경에 대해 아무 말도 하지 않는다.

이 집은 결혼 후 두번째 집이다. 2025년 7월 기준 이곳에 산 지 만 7년이 되었다. 성장기에 자주 이사를 다녔고 결혼 전에도 짧은 주기로 거주지를 옮겼기에 여기가 가장 오래 산 집이다. 이제 이곳은 삶의 일부가 되었다. 다른 나라와 도시에 머물 때마다 그리워지는 풍경, 돌아올 때마다 안도할 수 있는 정주의 장소.

이 자리에서 처음 쓴 책은 공교롭게도 집에 관한

에세이었다. 『친애하는 나의 집에게』(이하 『집에게』)
는 한 여성으로서 내가 집과 맺어온 관계, 그로 말미
암은 변화와 성장을 기록한 자전적 이야기였다. 또
한 책은 "집이라는 '물리적 장소' 안에서 여성의 '상
징적 자리'를 가늠해보려는 시도"[12]이기도 했는데,
여성에게 '자리'란 '사적 공간인 집에서조차 스스로
찾아내어 지켜야 하는 무엇'이기 때문이다.

나는 그 책에 매달리느라 1년 가까이 칩거하다시
피 했다. 더 철저하게 고립되는 것이 코로나 시대를
살아가는 방법이었던 시기, 많은 사람들이 자의나
타의로 집에 머물고 있었다. 나는 집 안팎에 드러나
는(혹은 드러나지 않는) 여성의 자리에 주목했고, 보
이는 것(혹은 보이지 않는 것)을 원고의 말미에서 이
야기하고자 했다. 『집에게』에 수록한 '작가의 말'의
한 대목을 옮긴다.

인간다움에 대한 성찰이 어려운 혼돈의 팬데믹 시
대에도 묵묵히 사회를 움직이는 사람들이 있었
다. 감염병과의 전쟁을 치르고 있는 의료진이 그
랬고 병원의 간병인과 요양원의 보호사가 그랬다.
(……) 다수가 여성인 그들은 얼핏 공평해 보이는

재난 속에서 더 많은 노동과 위험을 감수했다. 그것은 흔히 노동자로 여겨지지 않는 여성, 집안에 있어 보이지 않는 여성도 마찬가지였다. 사회적 활동이 중지되고 사람들이 자가 격리되면서 집안에서의 가사와 돌봄 노동은 늘어났지만 그 사실을 중요하게 언급하는 이는 적었다. 그러나 이 모든 얼굴 없는 여성은 감염병으로 멈춰버린 세계를 힘겹게 떠받치고 있었다.[13]

'보이지 않는 노동'을 감당하는 '얼굴 없는 여자들'은 내가 자라온 집에도 있었다. 3대에 걸친 네 명의 여자—할머니와 엄마, 나와 여동생—는 서로에게 기대고 부딪치고 상처냈다. 나에게 집은 여자에게 속한 것이었다. 아빠도 있었지만 아침 일찍 나가서 밤늦게 돌아오는 그는 집에 '속해' 있는 것 같지 않았다. 집에 속한 사람은 오로지 여자들뿐이었다.

밥을 짓고 옷을 빨고 바닥을 닦으며, 여자들은 집에 속했다. 자리를 지키고 욕망을 가두고 존재를 지우며, 여자들은 집에 속했다. 집은 여자들로 소란했고, 지금 살고 있는 여자들뿐 아니라 과거에 살았던 여자들까지 존재하는 것 같았고, 허공을 떠도는 유령조차 여자들처럼 느껴졌다. 죽은 여자와 살아 있는 여자들은 시간의 경계를 넘어 똑같은 몸짓으로, 똑같은 역할을 수행하면서, 똑같은 얼굴이 되어갔다. 집은 여성의 역사를 말없이 증언하는 침묵의 서고였다. 나에게 집에 대한 이야기는 여자에 대한 이야기다.

║\

『집에게』를 쓰는 일은 집과 여성의 관계를 탐색하는 과정의 일부였다. 하지만 처음 시작했을 때는 어떤 책이 될지 알 수 없었다. 편집자가 제안한 방향은 '집과 취향'을 주제로 한 길지 않은 에세이였지만, 나는 취향이라는 개념을 어떻게 풀어야 할지 막막했다. 다만 "집은 한 사람이 출발하는 곳이다Home is where one starts from"■라는 시구처럼 한 사람의 출현이, 범위를 좁히면 글을 쓰는 한 사람의 등장이 특정한 공간으로부터 비롯한다는 생각은 있었다. 공간과 글쓰기의 연관성은 글을 쓰는 주체가 여성일 때 더욱 분명

■ T. S. 엘리엇의 시 〈이스트 코커East Coker〉의 한 구절이다.

해진다. 마르그리트 뒤라스와 미셸 포르트의 대담집
『뒤라스의 그곳들』에서 뒤라스는 이렇게 말한다.

> 여자는 욕망이지요. (……) 우리는 절대로 남자들
> 과 같은 장소에서 글을 쓰지 않아요. 여자가 욕망
> 의 장소에서 글을 쓰지 않는다면 글을 쓰는 게 아
> 니라 표절을 하는 겁니다.[14]

그가 말하는 "욕망의 장소"는 물리적 공간이라기
보다, 여성의 정체성과 창조적 에너지가 결합된 정
신적 장소에 가까울 터이다. 다시 뒤라스의 『연인』
을 읽으며 나는 그 장소를 조금 엿본 듯하다. 욕망을
좇아 억압에서 탈주하는 소녀처럼, 뒤라스의 글쓰기
는 사회적 금기를 넘어서는 일탈의 지대에, 이분법
의 경계를 뒤흔드는 초월의 세계에 자리한다.

그러나 물리적 공간으로서 욕망의 장소가 여성이
글을 쓸 수 있는 최소한의 조건임에도 역사 속 대부
분의 여성 작가는 그 조건을 갖추지 못했다. 그들은
음식 부스러기와 접시로 어질러진 식탁에서, 사람
들로 북적이는 카페와 도서관에서 글을 썼다. 도리
스 레싱은 젊은 시절 육아와 집안일을 병행하며 소

설을 썼고, 앤 섹스턴은 부엌과 자동차처럼 제한된 공간에서 시를 썼다. 어떤 여성들은 부엌 식탁이나 자동차조차 없어 집안의 가장 외진 곳에 몸을 웅크렸다. 화장실 변기 위에 올려놓은 널빤지에 앉아서 600페이지에 달하는 장편소설을 완성했던 중국 작가 장제처럼 여성들은 구석에서, 가장자리에서, 경계에서 글을 썼다.

그들에게 욕망의 장소란 동일한 절실함의 대상이었으나, 그 장소의 의미는 동일하지 않았다. 누군가에게 그곳은 '가정의 의무와 창작의 욕망이 충돌하는 갈등의 전장'이었고,[■] 누군가에게는 '삶의 의지와 죽음의 충동이 대립하는 내면의 심연'이었다.[■■] 세상이 물리적 공간을 허락하지 않을 때조차 이 여성들은 욕망의 장소를 마련했으니, 비록 실체가 없을지라도 각자의 현실 속에서 그 장소의 의미만은 또렷했다.

여성 작가에게는 공간만큼이나 시간도 절실했다.

■ 도리스 레싱은 『금색 공책』에서 여성 작가의 분열된 내면과 창작의 고통을 그렸다.
■■ 앤 섹스턴은 『Live or Die(살거나 죽거나)』에서 삶과 죽음의 경계에 선 자아를 표현했다.

"아이들이 나를 부르기 전, 이른아침에 글을 썼다"[15]라고 회고한 토니 모리슨처럼, 돌봄과 가사노동이 여성의 몫인 사회에서 글을 쓴다는 것은 공적 영역에서의 투쟁만큼이나 치열한 싸움이었다. 그들에게 욕망의 장소는 찰나의 순간에, 하루의 끝에, 모두가 잠든 밤에, 아무도 일어나지 않은 새벽에 '잠시' 나타나는 일시적 틈새였다.

나에게도 욕망의 장소는 오랫동안 내면에만 존재하는 은유적 장소였다. 그 실체를 가진 것은 비교적 최근의 일이다. 현재 살고 있는 집은 법적으로 소유가 인정된 나의 첫 집이다. 결혼제도권에 들어가지 않았다면, 반려자가 월급을 받는 사람이 아니었다면, 그래서 주택자금대출을 받을 수 없었다면 불가능했을 일이다. 거실은 나의 작업실이다. 대부분의 시간을 집에서 보내는 나를 위해, 반려자는 거실을 공동 공간이 아니라 나의 개인 공간으로 사용하도록 배려해주었다.

'나의 집'과 '자기만의 방'은 둘 다 소유의 언어를 쓰지만 전혀 다른 의미를 지닌다. 전자의 소유는 사회제도 안에서 자리를 확보하는 일이고, 후자의 소유는 내면을 지킬 수 있는 자리를 마련하는 일이다.

두 자리를 차지한 행운에 대해 내가 느끼는 감정은 양가적이다. 기쁘지만 부끄럽고, 고맙지만 미안하다. 집을 구매한 것도, 반려자의 지지를 받는 것도 나의 노력이나 의지와 무관하기 때문이다. 뒤라스가 『태평양을 막는 제방』의 영화 판권 계약금으로 파리 외곽 노플르샤토라는 작은 마을에 집을 구매한 것처럼, 나의 집필 노동으로 마련한 공간이 아니면 점유할 자격이 없다고 생각하는지도 모르겠다.

이 같은 문제의식 속에서 『집에게』는 '집과 취향'이 아니라 '집과 여성'에 관한 이야기가 되었다(되어야만 했다). 또한 "집이라는 '물리적 장소' 안에서 여성의 '상징적 자리'를 가늠해보려는 시도"가 되었다(되어야만 했다). 그 시도가 성공적이었는지는 알 수 없다. 당시 나는 첫 책을 출간한 지 얼마 되지 않았고, 이사한 지는 1년이 못 되었다. 글에 대해서도, 집에 대해서도 '안다'고 말할 수 없는 상태였다. 글을 쓰는 욕망의 장소로 이 집이 가진 의미를 탐구하고 싶었지만, 책을 마무리하는 단계에서는 미완의 이야기로 남겨둘 수밖에 없었다.

같은 공간, 같은 자리에서 7년째 글을 쓰며 '작가의 페르소나'[■]와 이곳이 어떻게 얽혀 있는지 자주 생각한다. 또한 이 자리를 점유할 자격이 있다는 타당성을 증명하려고 노력한다(이 지긋지긋한 자기증명!). 많은 여자들이 나처럼 소유에 대한 자격을 증명하려고 애쓴다. 나의 욕망이 지나치지 않은지, 무언가에 대한 욕망 자체가 부적절하지 않은지 염려한다. 욕망에 대한 비난은 나를 책상에서 떠나게 하기는커녕 이 자리와 글쓰기의 결속을 더 끈끈하게 만든다.

나의 집과 책상이 아닌 곳에서 나는 글을 쓰지 못한다. 다른 지역이나 나라에 갔을 때 호텔, 에어비앤비, 카페, 바 같은 데에서 글쓰기가 가능한지 시험해 봤지만 내면 속에 침잠할 수 있는 곳도, 언어를 조합

[■] '작가의 페르소나'는 비비언 고닉이 『상황과 이야기』에서 제시한 개념으로, '진실에 기반하는 동시에 인물로서 구성된 목소리'를 뜻한다. 그는 이 목소리가 에세이의 이야기를 이끄는 주체이자, 작가의 진실과 형식이 만나는 지점이라 설명한다. 비비언 고닉, 『상황과 이야기』, 이영아 옮김, 마농지, 2023.

하여 문장을 써내려갈 수 있는 곳도, 나의 목소리를 정확히 들을 수 있는 곳도 여기뿐이었다. 여기가 나를 불러내고 여기가 아닌 곳이 나를 밀어낸다면 그 차이는 무엇일까? (무엇보다 왜 다른 데에서는 한 줄도 쓰지 못할까?)

'불러냄'은 나와 이곳이 맺고 있는 관계 안에서의 호출이다. 즉 여기는 '공간'이 아닌 '장소'다. 공간은 열려 있지만 추상적이고, 가능성으로 가득하지만 비어 있다. 반면 장소는 관계를 맺고 의미를 붙이며 경험을 나눌 때 형성된다.[16] 이 집에는 내가 쓴 네 권의 책과, 그동안 읽은 수많은 책과, 이곳을 오간 친구들의 흔적과, 녹음을 했다면 몇 기가바이트쯤 되는 대화가 담겨 있다. 이 집은 관계와 의미와 기억이 중첩된, 나로 하여금 멈추게 하고 머무르게 하는 장소다.

이 모든 축적이 나를 여기에 존재하게 한다. 나에게 글쓰기는 공간이 아닌 장소에서, 응축된 정동이 나를 일으키고, 반복된 습관이 나를 나아가게 하는 조응의 순간에 가까스로 가능해지는 작업이다. 나는 이곳이 '글을 쓰는 공간'이라기보다, 내면의 통로로 들어가는 '문 앞의 장소'처럼 여겨진다. 문 앞의 장

소는 언어가 도착하기 전의 시간, 기다림뿐인 고요
의 시간이다. 이 정적 속에서 나는 비로소 욕망을 마
주한다.

여자들이 잠겨 있는 시간은 말이 있기 이전, 인
간 이전의 시간이에요. (……) 여자들은 마치 벽 속
에 낀 것처럼 방 속에, 방의 사물들 속에 틀어박히
지요. 나는 이 방에 있을 때면 어떤 질서를 조금도
흐트러뜨리지 않는다는 느낌이 듭니다. 마치 방 자
체가, 장소 자체가 내가 여기 있다는 사실을, 한 여
자가 여기 있다는 사실을 알아차리지 못하는 것
같아요. (……) 어쩌면 내가 장소의 침묵에 대해 말
하는 건지도 모르겠네요. (……) 남자들이라면 절
대로 한 거주지, 한 장소와 맺지 못할 관계를 나는
맺고 있지요."[17]

고독은 고립과 달리 자유나 해방에 관련한 개념
이다. 고독—자유—해방으로 이어지는 의례가 없다
면 나는 아무것도 쓰지 못할 것이다. 그러나 고독은
목적이 아니다. 욕망을 위한 전제다. 고독이 글쓰기
의 조건이라면, 욕망은 문장을 나아가게 하는 힘, 추

동이다. 고독은 나를 책상 앞에 앉히고, 욕망은 나를 언어 속으로 끌어들인다.

그러므로 "여자는 욕망"이라는 뒤라스의 전제, "여자가 욕망의 장소에서 글을 쓰지 않는다면 표절을 하는" 것이라는 그의 단언은 이렇게 해석할 수 있을 것이다. 욕망의 장소란, 여자가 자신만의 언어를 발견(혹은 발명)함으로써 세계의 질서에 저항하는 자리라고, 그 자리를 떠나서 쓰는 글은 세계가 이미 정해놓은 이야기를 반복하는 데 그칠 수밖에 없다고. 욕망이 결여된 문장은 타인의 질서에 편입된 문장이다. 뒤라스가 말한 표절은 기존 언어에 대한 답습이자 자기 언어의 부재다.

마침내 이 장소에 내가, 나에게 이 장소가 받아들여졌다고 느낀다. 뒤라스의 표현처럼 나는 이곳의 질서를 흐트러뜨리지 않고 스며들었다. 이 집은 예민하고 강박적인 한 여자가 여기 있다는 사실을 알아차리지 못하는 듯하다. 혹은 더이상 신경쓰지 않는 듯하다.

공간을 장소로 만들어 관계를 맺는 일은 한 사람과 관계를 맺는 것처럼, 상처투성이가 된 채 시간을 통과하는 일인지 모르겠다. 고독의 깊이를 체감하고 나 자신에게 욕망을 허하는 지금, 문장 앞에 멈추고 문장 속에 머무르며 '욕망하는 나'를 쓴다. 나는 책상 앞에 앉아 있다. 여기가 이 집에서 나의 자리다.

| 함께한 책

- 하재영, 『친애하는 나의 집에게』, 라이프앤페이지, 2020.
- 마르그리트 뒤라스·미셸 포르트, 『뒤라스의 그곳들』, 백선희 옮김, 뮤진트리, 2023.
- 비비언 고닉, 『상황과 이야기』, 이영아 옮김, 마농지, 2023.
- 이-푸 투안, 『공간과 장소』, 윤영호·김미선 옮김, 사이, 2020.

2부

거울 앞에서

'몸'이라는 전쟁터

: 채워지지 않는 허기와 분투하던 날들

허기란 내가 가지지 못한 몸이었고,
내가 가지지 못한 몸에 대한 욕망이었으며,
내가 가지지 못한 몸에 대한 욕망의 좌절이었다.

가능성으로 충만했던 열세 살, 나의 키는 150센티
미터였고 몸무게는 30킬로그램대 초반이었다. 얼굴
은 작았고 팔다리는 가늘었으며 어깨와 골반은 좁
았다. 기다란 목, 빈약한 가슴과 엉덩이, 튀어나온
곳도 불거진 곳도 없이 종이인형처럼 납작하고 깡
마른 몸을 가지고 있었다. 발레 선생은 내가 그 상태
로 키만 자라기를 바랐고 나도 그러기를 바랐다. 이
차성징이 나타나지 않은 채 키만 자란 소녀의 몸, 그
것이 발레리나의 몸이자 내가 간절히 원하는 몸이
었다.

그 시절 우리 모녀는 나의 키를 키우려고 갖은 노
력을 다했는데 지금은 그 노력의 일부밖에 기억나
지 않는다. 또렷하게 떠오르는 일은 한 살짜리 사촌
동생이 쑥쑥 자라는 모습을 보면서 엉뚱하게도 분
유를 먹으면 키가 클지 모른다고 생각했던 것이다.
나는 숟가락으로 분유를 퍼먹어 며칠에 한 통씩 비
웠다. 그 밖에 균형 잡힌 식단으로 섭취하는 상식

적인 방식과, 오래된 한약방에서 키 크는 약을 지어 먹는 다소 비상식적인 방식 모두 소용없이 내 키는 158센티미터에서 멈췄다. 정확하게는 157.8센티미터 에서.

발레리나 지망생의 키가 160센티미터가 되지 않으면 전공을 다시 고려해봐야 한다. 키는 자라지 않는 반면 체중은 늘자 발레 선생은 더이상 나에게 관심을 보이지 않았다. 레슨 시간에는 투명인간인 양 지나쳤고, 오랫동안 내가 서온 앞자리를 빼앗아 자신이 편애하는 아이—큰 키와 긴 팔다리를 가진, 가능성을 타고난 아이—에게 넘겨주었으며, 나를 맨 뒷자리에 배치했다. 뒷자리에서는 키가 큰 아이들에게 가려져 선생의 눈에 띌 수 없는데다 전면거울이 보이지 않아 스스로의 동작조차 확인할 수 없었다.

'자리를 빼앗긴다'는 말은 단순한 상황 설명을 넘어선다. '나의 자리가 있다'는 것은 특정한 장소 안에 존재할 자격이 있음을 뜻한다. 하여 '자리를 빼앗긴다'는 것은 그 장소에 머물 권리를 박탈당한다는 의미이다. 발레 선생은 이렇게 말하고 있었다. 여기는 네가 있을 곳이 아니야.

발레의 무대는 평등하지 않다. 유구한 세월 동안

고난이의 기술과 엄격한 규칙을 이어온 이 무용은, 미학적 조건을 가장 아름답게 구현하는 특별한 몸만 무대에 서도록 허락한다. 실력이 뛰어난 발레리나라도 살이 찌면 해고 통보를 받을 수 있다. 유럽의 일부 명문 발레학교들, 예컨대 바가노바 러시아 발레 아카데미나 파리오페라 발레 스쿨은 입학할 때 신체 조건을 엄격하게 평가하고, 입학한 뒤에도 체중 관리를 못한 학생은 시험을 통해 탈락시킨다. 늘씬하고 가냘픈 몸으로도 충분하지 않다. 튀어나온 무릎이나 팔꿈치, 불거진 골반뼈, 유연하게 휘어지지 않는 발등도 문젯거리가 된다. 팔다리가 짧거나 몸의 밸런스가 나쁘면 군무조차 설 수 없다. 내가 들어간 세계는 정형적이고 극단적인 아름다움을 추구하는 곳, 기준에 맞지 않는 몸은 가차없이 낙오되는 곳이었다.

그 세계의 일원이 되기를 간절히 바라면서도, 열다섯 살 때 나의 식욕은 폭발했다. 쉬는 시간마다 매점으로 달려가 나보다 키와 체구가 큰 아이들과의 몸싸움에서 승리해 기어이 간식거리를 쟁취했고, 하굣길에는 버스정류장 앞 제과점에서 온갖 종류의 빵을 섭렵했으며, 발레 레슨이 끝난 한밤에는 편의 점과 분식집에서 허기를 채웠다. 물론 떳떳한 일은 아니었다. 발레학원에서 '먹기'는 금기였다. 우리는 최소한의 양만 먹도록 강요받았다. 발레 선생은 물도 살이 찐다는 비상식적인 주장을 하며, 연습 후에 탈진한 아이들이 물을 마시지 못하게 했다. 식욕은 수치심과 죄책감을 불러일으키는 언어였다. 음식에 대한 탐욕은 비밀이어야 했다.

가끔은 누군가가 비밀 행위에 공모했다. 나처럼 수치심과 죄책감에 시달리면서도 식욕을 통제하지 못하는 발레학원 동기들이었다. 시간이 흘러 열여섯 살 여름, 우리 모두가 빠져 있던 메뉴는 학원에서 멀지 않은 커피숍의 체리빙수였다. 청소년의 출입이 금지된 곳이지만 어째서인지 주인은 발레학원 학생들만은 묵인해주었다. 어느 날 나처럼 체리빙수에 중독되어 있던 친구와 함께 레슨이 끝나자마자 커피숍으로 달려갔다. 그러나 빙수가 나오자마자 발레 선생이 들이닥쳤다. (밀고자가 있었던 것 같다.) 선생은 친구의 뺨을 후려친 뒤 밖으로 끌고 나갔다. 나는 테이블 앞에 덩그러니 남겨졌다. 혼날 가치조차 없어진 내 처지를 생각했다. 슬픔과 분노에 휩싸여 체리빙수를 두 그릇 먹어치웠다.

당시에는 삶의 전환점이 될 만큼 중요한 일인지 몰랐지만, 돌이켜보면 개인의 역사에서 변화를 일으킨 계기가 된 일이 있다. 나에게는 체리빙수 사건이었다. 그날 이후 허기가 채워지지 않았다. 아침에는 허기를 느끼며 깨어났고, 깨어 있는 내내 허기가 가시지 않았으며, 밤에는 허기에 허덕이며 잠들었다. 나는 언제나 배고픔에 시달리는 상태인 동시에 살을 빼야 한다는 강박에도 시달리는 상태였다.

전쟁이 시작되었다. 굶기와 먹기라는 한계선을 오가는 전쟁이었다. 절제와 충동이 대립하는 전쟁이었다. 물론 식욕을 참으려고 애쓰는 일은 일반적으로 다이어트라고 표현하지, 전쟁이라고 명명하지 않는다. 하지만 나에게 그것은 몸을 전장으로 삼는 전쟁이었다. 본능적 욕구를 억누르는, 절제력을 극단으로 몰고 가는, 허기와 욕망이 충돌하는, 음식과 관련한 모든 것을 적으로 돌리는 전쟁.

그러나 (물리적 허기든 정신적 허기든) 허기를 채워주는 것은 음식이다. 나는 수업시간에도 책상 밑에 도시락을 꺼내놓고 먹었다. 가족들이 잠들면 불 꺼진 주방으로 숨어들어 냉장고를 열고 맨손으로 반찬을 집어 허겁지겁 입안에 욱여넣었다. 피자 한 판을 몽땅 먹어치운 뒤 토하거나, 치킨을 상자째 먹고 나서 설사약을 집어삼켰다. 록산 게이는 『헝거』에서 "나는 배고프지 않으면서 배고프다는 것이 어떤 의미인지 안다. (……) 허기는 마음과 몸과 심장과 영혼에 모두 깃들어 있다"[1]라고 말했는데, 나는 그것이 무슨 상태인지 안다.

하루종일 공복감이 사라지지 않았으므로 허기라는 형벌에 고문당하는 기분이었다. 내가 배고픔이라고 여긴 것의 진짜 정체는 무엇이었을까? 10대 초반부터 싹트기 시작한 결핍감, 10대 중반에 완전히 사라진 가능성, 처음부터 내 것이 아니었을지 모르는 발레리나의 꿈, 열패감에도 불구하고 놓아지지 않는 희망, 그 모든 것이 허기라는 원시적이고 본능적인 욕구로 환원되지 않았을까? 달리 말해 허기란 내가 가지지 못한 몸이었고, 내가 가지지 못한 몸에 대한 욕망이었으며, 내가 가지지 못한 몸에 대한 욕망의 좌절이었다.

캐럴라인 냅은『욕구들』에서 자신의 거식증 경험을 회고하며, 여성의 욕구에 관한 통찰력 있는 사유를 전한다. 그에게 식욕이란 "모든 부수적 괴로움을 끌어다 걸어두는 걸이"이자 "(나 자신과 수많은 여자들의) 내면에 흐르는 강이 생겨난 바다"이다.[2] 록산 게이와 캐럴라인 냅은 식욕이라는 화두에 천착했지만, 록산 게이가 사유 대상으로 삼은 것이 '먹기'라면 캐럴라인 냅의 사유 대상은 '굶기'였다. "다른 여자들은 배고픔에 몸부림칠지 몰라도 나는 배고픔을 초월할 수 있었다."[3]

물론 '식욕/욕구appetite'란 단어는 우선 먹는 일에 관한 것이다. 다만 먹는 일과 관련된 이 부분은 수많은 여자들의 삶을 결정하고, 나 역시 너무나 잘 아는 부분이지만, 이 단어는 갈망과 동경과 필요로 이루어진 훨씬 폭넓은 범위도 아우른다. 욕구는 세계에 참여하고자 하는, 삶에서 풍요의 감각과 가능성을 느끼고자 하는, 쾌락을 경험하고자 하는 소망에 관한 것이다.[4]

20대에 발레를 그만두자 악귀 같은 허기도 사라졌다. 굶는 것에 길들여지자 식욕을 억제하는 고통은 식욕을 통제하는 쾌감으로 바뀌었다. 나는 냅처럼 굶기에 재능이 있었다. 맛있는 음식을 먹는 데도, 유명한 레스토랑에 가는 데도, 예쁜 디저트를 즐기는 데도 관심이 없었다. 관심 있는 것은 오로지 사이즈의 통제, 그리고 나를 바라보는 남자들과 내면의 관찰자였다(존 버거의 말처럼 내면의 관찰자는 남성적이다). 나는 바라봄의 대상, 일종의 시각적 이미지로 존재하는 데 거부감을 느끼지 않았다. 오히려 발레를 그만둔 뒤에도 이 세상이 무대인 것처럼, 아무도 보지 않는 공연을 하는 사람처럼 응시의 대상으로서 나를 연출했다. 나를 바라보는 타자와 내면의 관찰자가 가지는 중요성에 비하면 음식은 사소한 문제였다. 배가 고파지면 아무거나 배가 고프지 않을 만큼만 먹는다—그것으로 충분했다.

그러자 갈망하던 몸에 가까워졌다. 10대 후반부터 본격적으로 시작된 굶기는 나의 몸무게를 40킬로그

■ 존 버거는 『다른 방식으로 보기Ways of Seeing』에서 "Men look at women. Women watch themselves being looked at(남성은 여성을 바라본다. 여성은 자신이 보여지는 것을 지켜본다)"라고 썼다.

램으로 만들어주었다. 성년이 되자마자 구매한 하이힐은 나의 키를 10센티미터나 늘려주었다. 하이힐을 신으면, 나는 168센티미터의 키에 몸무게는 40킬로그램이 될까 말까 했다. 끊임없이 허기를 느끼는 상태와 거의 허기를 느끼지 못하는 상태 모두 정상이 아니라면, 각각은 어떤 심리적 욕구를 반영하는 것일까? 너무 많이 먹었던 나와 거의 먹지 않았던 나는 같은 결핍에서 비롯된 다른 자아가 아니었을까?

20대 중반에 나는 스모키 화장을 하고(이것이 나의 가면이었다) 하이힐을 신었다(이것이 나의 지지대였다). 가늘고 긴 다리가 드러나는 스키니진이나 미니스커트를 입었고(이것이 나의 전략이었다), 빈약한 가슴에는 원더브라를 채웠으며(이것이 나의 위장이었다), 납작한 배가 드러나도록 크롭 블라우스나 얇은 면티셔츠를 입었다(이것이 나의 성취였다). 이 모든 코르셋은 불편하고 때로 고통스러웠지만 제대로 완성하면 세계—남성이 호감을 가질 만한 모습, 적당히 섹슈얼하고 느슨하고 나약해 보이는 여성을 연출할 수 있었다. 나는 이 페르소나를 30대까지 유지했다.

그러나 40킬로그램의 몸무게를 유지하는 의미, 화장을 하지 않거나 하이힐을 신지 않으면 짧은 외출조차 기피하는 의미, 흉곽을 압박할 뿐 아니라 두꺼운 패드로 땀이 차는 원더브라를 한여름에도 포기하지 않는 의미, 마른 몸을 강조하는 옷을 고집하는 의미를 당시에는 알지 못했다. 10대 시절 내내 발레 학원에서 겪은 모멸적 상황으로 인한 낮은 자존감이 이유였을지 모르지만, 캐럴라인 냅이 말했듯 낮은 자존감이란 말만으로는 여성의 좌절된 욕구에서 배어나오는 슬픔과 허함을 포착하지 못한다. 엉뚱한 대상으로 치환된 욕구에 대한 당혹감, 잘못된 경로로 흘러간 욕망에 대한 괴로움도 포착하지 못한다.[5]

발레라는 정형화된 아름다움의 세계는 일찍이 나에게 자기부정의 감정을 가르쳤다. 하지만 그 감정은 나만의 것일까? 발레리나를 꿈꾸지 않는 소녀는 자기 몸을 비판의 대상으로 삼지 않을까? 여자아이는 어릴 때부터 주입받는다. 날씬해야 한다고, 예쁘게 보이라고, 자리를 차지하지 말라고. 40킬로그램의 몸은 순응이자 보상이었다. 소멸하라는 요구에 대한 순응, 낮은 자존감에 대한 보상.

2000년대가 시작되면서 여성들이 집단적으로 깨어나고 있었다. 나 역시 이전 세대부터 면면히 이어져온 여성운동의 수혜자로 자유를 물려받았지만, 그

때의 나는 불안한 얼굴을 진한 화장으로 감추고 앙상한 몸을 위태로운 하이힐에 의지하는 '젊은 여자'였다. 우울, 고뇌, 욕구, 갈망을 몸이라는 하나의 대상으로 치환해 체중, 사이즈, 살, 칼로리라는 주제로 바꿔치기하는 '마른 여자'였다. 젊음(나이)과 마름(몸)은 내 정체성의 거의 전부였다.

IIA

　페미니즘이 여성의 몸을 다룰 때 자주 거론하는 '기입inscription'이라는 개념에 따르면, 여성의 몸은 일종의 텍스트로서 문화는 몸에 기록되고 부호화된다. 살찌고 마르고 깎여나가고 치장하고 거식하고 포식하는 여자의 몸은 텍스트다.[6] 캐럴라인 냅은 『욕구들』에서 "거식증을 앓는 이는 욕구의 억제에 관한 걸어다니는 선언문" "폭식증을 앓는 이는 한 여자의 허기가, 또는 그 허기를 부인하려는 강박이 얼마나 거대할 수 있는지에 대한 살아 있는 증거",[7] 성형 수술에 관한 통계는 "피부에 새긴 절망이며, 메스로 새긴 불만"[8]이라고 말한다.￭ 나는 한때 내 몸이 어떤 텍스트였는지 알 수 있다. 부위별로 해체하여 비판하는 평가서였다. 식욕과 체중을 통제하고 있다는 데에서 나오는 우월감의 독백이었다.

과거와는 다른 외모의 나, 50킬로그램대의 체중에 뱃살이 나온 나, 로퍼나 플랫슈즈를 신고 가벼운 화장만을 하며 체형이 드러나지 않는 원피스를 입는 나, 브래지어를 착용하지 않거나 착용하더라도 와이어와 패드가 없는 제품을 선택하는 나는 왜곡된 자아상을 지워가고 있는 것일까? 강남대로의 수많은 성형외과 광고, 미디어에서 보여주는 불가능한 여성의 외현, '당신은 있는 그대로 아름답다'라는 보디 포지티브의 선언까지, 세계가 기입한 부호를 조금씩이나마 지워가는 중일까?

현재의 모습이 더는 40킬로그램에 집착하지 않은 결과라고, 나의 몸은 날씬하든 날씬하지 않든 투쟁의 역사라고, 먹는 일은 일상의 요소일 뿐 그 이상도

■ 하지만 캐럴라인 냅은 '기입'이라는 은유가 고정적으로 느껴진다는 점에서, 엘리자베스 그로스가 사용한 캘리그라피의 이미지가 자기상의 핵심에 더 가깝게 느껴진다고 말한다. 캘리그라피는 쓰는 행위뿐 아니라 쓰기에 사용하는 재료, 재료 사이의 상호작용까지 고려하는 과정이며 이 과정의 최종 산물은 종이의 종류, 질감, 메시지에 저항하거나 흡수하는 역량, 잉크와 펜의 질에 따라 달라지기 때문이다. 캐럴라인 냅, 『욕구들』, 정지인 옮김, 북하우스, 2021. 198쪽.

이하도 아니라고 말할 수 있으면 좋겠다. 마르고 예쁜 여자가 되어야 한다는 사회의 명령을 받아들이지 않은 지 오래되었지만, 내면의 목소리를 좇은 결과라기보다 나이듦에 따른 변화를 (어쩔 수 없이) 받아들인 결과다.

외모를 평가하는 세계에 길들여진 나는 지금도 상대가 나의 몸을 은밀히 평가하고 있으리라는 생각에 두려움을 느낀다. 그가 '보는' 것을 나도 '안다'고 실토해야 할 것 같아서 불어난 체중과 늘어난 뱃살에 대해 공허한 자아비판을 한다. 그러다 상대의 얼굴이 냉담하게 또는 무표정하게 변하면 그제야 몸에 대한 대화가 무례나 차별, 최소한 교양 없음의 자인이라는 사실을 깨닫고 입을 다문다. 내 몸이 변해버렸다는 데 낙담하는 것만큼이나 시선의 무대에서 퇴장하지 못하는 데 자괴감을 느낀다. 나를 평가하는 첫번째 시선은 언제나 나의 시선이다.

나를 새롭게 정의하려는 10여 년 동안의 노력으로 이룬 바가 있다면 더는 나의 정체성을 몸과 동일시하지 않는다는 사실이다. 몸을 전장으로 삼던 전쟁은 끝났다. 비록 이 종전이 나의 승리를 의미하지는 않지만 더는 전장으로 나를 내몰지 않아도 된다는 점을 다행스럽게 여긴다. 2킬로그램쯤 빠지면 좋겠다고 생각하지만 전쟁이라기보다 작은 신경전이다. 나는 나의 몸과 비교적 평화로운 상태를 유지하고 있다. 그래서 이 글을 쓴다. 먹기와 굶기라는 양극단의 한계선을 오가던 날, 스스로를 혐오하며 눈물 흘리던 날, 채워지지 않는 허기와 분투하던 날에 보내는 불완전한 화해로서.

| 함께한 책

• 록산 게이, 『헝거』, 노지양 옮김, 문학동네, 2024.
• 캐럴라인 냅, 『욕구들』, 정지인 옮김, 북하우스, 2021.

중독과 불안

: 냉장고에 술이 없을 때의 기분

내가 가진 두려움의 목록—모르는 사람과 통화하는 것,
남에게 부탁하는 것, 낯선 사람을 만나는 것,
새로운 일을 시작하는 것, 나의 책에 대한 반응을 보는 것—이
너무 길기에 알코올이 필요하다.

나의 책장에는 비밀 공간이 있다. 거실의 한쪽 벽에 붙박이로 짜인 책장은 무릎 높이에서 첫 줄이 시작되고 그 아래는 막혀 있다. 외관상 보이지는 않지만 첫 줄에 꽂힌 책을 모두 꺼내고 바닥판을 들어올리면 숨은 공간이 드러난다. 책장은 네 칸으로 나뉘고 비밀 공간도 각각의 칸 아래에 하나씩 자리한다. 첫 칸에는 7년 전 세상을 떠난 반려견 피피의 물건이 남아 있다. 둘째 칸에는 각종 서류와 계약서가 들어 있고, 셋째 칸에는 몇 권의 책이 쌓여 있으며, 넷째 칸은 비어 있다.

비밀 공간의 셋째 칸에 있는 책들은 내가 생계를 위해 대필작가로 일하던 시절에 작업한 것들이 대부분이다. 표지와 앞날개에는 타인의 이름이 적혀 있고, 본문에는 나의 것이 아닌 경험과 생각이 열거되어 있다. 다시 펼쳐볼 일이 없기에 이곳에 넣어두었다. 다른 책들도 몇 권 있다. 읽으려고 샀지만 버젓이 책장에 꽂아두기에는 부끄러운 책, 내가 읽었다는 사실을 남에게 드러내고 싶지 않은 책—의존형 성격장애, 말더듬증 치료법, 오르가슴—이다. 나를 표면적으로 아는 사람에게 이 목록은 다소 의아할지 모른다. 그러나 비밀 공간은 나의 오래된 본성, 오래된 콤플렉스, 오래된 결핍을 간직한 또하나의 내면이라는 점에서 겉으로 드러나는 나보다 정직하다.

비밀 공간에 마지막으로 넣은 책은 알코올중독을 극복하는 방법에 관한 실용서다. 책에 실린 자가 테스트는 나를 중독자로 분류했지만 (많은 중독자가 그렇듯) 나는 그 결과를 인정하지 않는다. 또한 '알코올중독'이나 '알코올의존'보다 '알코올사용장애'라는 용어를 선호한다. 알코올중독이라는 말은 불콰한 얼굴과 남루한 입성, 헝클어진 머리카락과 떨리는 손, 웅얼대는 말투와 비틀거리는 걸음걸이를 떠올리게 하지 않는가? 그러나 술에 취하지 않았을 때는 물론 술에 취했을 때도 나는 그런 모습이 아니다.

알코올의 파괴적 힘을 다룬 『드링킹, 그 치명적 유혹』에서 캐럴라인 냅은 "이 이야기는 러브스토리다"[9]라고 말했다. 나도 술에 관한 나의 서사를 일종의 연애담으로 여긴다. 갈망과 집착, 쾌락과 두려움이 뒤섞인 채 강렬하게 사로잡혀 있고 완전히 미쳐 있다는 점에서. 처음 만난 사람이 "술을 좋아하세요?"라고 물으면 나는 대답을 망설인다. '좋아한다'가 '자주 마신다'는 의미라면 '그렇다'. 그러나 알코올사용장애는 애호나 취향의 영역이 아니다. 줄곧 의식하고, 언제나 의지하며, 멀어지면 불안해하는 대상이다.

IIΛ

부계가족들은 내가 어른이 되면 술을 잘 마실 것이라고 했다. '우리 집안사람'이면 틀림없다고. 명절에는 어김없이 술판이 벌어졌고 삼촌과 고모 들은 각자 정종 한 병씩을 비워냈다. 어른들의 말이 맞았다. 선배들이 폭탄주를 컵라면 용기에 가득 따르며 원샷을 명령했던 대학 신입생 환영회에서, 몇몇 동기는 울고 몇몇 동기는 토했지만 나는 멀쩡했다. 미팅에서 만난 남자들은 자기들 앞으로는 소주를, 여자들 앞으로는 맥주를 주문했다. 혹은 소주를 같이 마시더라도 여자들의 잔은 반만 채웠다. 나는 소주잔을 끝까지 채우고 남자들보다 더 빨리, 더 많이 마셨다. 그리고 기어이 "남자보다 술을 잘 마신다"라는 반응을 받아냈다.

오기와 경쟁심으로 술을 마셨던 20대가 지난 뒤 나는 그토록 바라던 소설가라는 명함을 얻었고, 책에서만 봤던 시인들이나 소설가들과 어울려 술을 마시기 시작했다. 다들 돈이 없었지만 술값은 걱정하지 않았다. 때로는 출판사 사람들이 술을 사주었고, 때로는 문학상을 탄 누군가가 술을 사주었으며, 때로는 문학행사의 주최측이 술을 사주었다. 작가들 가운데에서도 비범한 주당들은 미친 사람처럼 술을 마셨고, 아침부터 술을 마셨고, 내일 죽어도 상관없다는 듯이 술을 마셨고, 48시간을 한자리에서 자다 깨다 하며 술을 마셨다.

그 무렵 술자리에서 누군가가 건강을 위해 술을 끊으려 한다고 말했을 때, 사람들은 웃음을 터뜨렸다. 내 옆에 있던 한 작가는 건강만큼 반미학적인 주제는 없다고 단언했다. 1960년 E. 모턴 젤리넥E. Morton Jellinek이 『The Disease Concept of Alcoholism(질병으로 본 알코올중독)』을 출간한 이후 의학계는 알코올중독을 질환의 관점에서 연구해왔지만, 나를 포함해 그 자리에 있던 누구도 스스로를 환자라 여기지 않았다. 과도한 음주에 따른 부작용, 이를테면 알코올성 간질환이나 베르니케 코르사코프 증후군을 걱정하지도 않았다. 술을 찬양했고 낭만화했으며 직업에 따른 필수불가결한 요소로 정당화했다. 유진 오닐, 스콧 피츠제럴드, 어니스트 헤밍웨이, 장 주네, 마르그리트 뒤라스, 프랑수아즈 사강, 도리스 레싱…… 작가라는 직업을 가진 중증 알코올중독자는 문학사의 모든 지면에 존재했다. 술을 창작의 연료로 여기는 창작자는 역사 속에도, 내 주변에도 넘쳐났다.

그들과 내가 우리라고 느꼈던 시절, 나는 술을 마시지 않는 사람이나 건강을 염려하는 사람과는 친해질 수 없다고 믿었다. 그 오만함에는 자신감이 있었다. 마음만 먹으면 이런 생활을 끝낼 수 있다는 낙관. 딱 한 잔만 마신 뒤 자리에서 일어나거나, 처음부터 한 잔을 시작하지 않는 사람이 될 수 있다는 낙관. 밤새 술을 마시고 마스카라가 번진 얼굴로 떠오르는 해를 보며 귀가하는 날조차, 나는 감히 그런 마음을 품었다. 그 희망조차 술냄새를 풍기는지 모르고.

나는 소주를 애호했다. 맥주는 밍밍하고 배부르고 취하지도 않아 마실 것이 못 된다고 생각했다. 서른 중반이 넘어가자 술자리에서 있었던 일이 기억나지 않는 날이 잦아졌다. 다음날 누군가가 나의 해마에 저장되지 않은 이야기를 꺼내면 애써 태연한 말투로 "아, 알지"라고 답한 뒤 화제를 돌렸다. 나는 술을 끊는 대신 소주를 맥주로 대체했다. 그것이 10년 전의 일이다. 지금은 건강검진 문진표를 작성할 때 '일주일에 몇 번이나 술을 마시나요?'라는 항목에 2회라고 쓰고, '얼마나 마시나요?'라는 항목에 맥주 네 캔이라고 적는다. 사실은 술을 마시지 않는 날이 일주일에 2회이고, 내가 마시는 맥주는 500밀리리터짜리 대용량 캔이다.

술을 마셔야 하는 상황은 너무나 많다. 온종일 원고를 쓴 날이면 세상에 오로지 모니터와 나만 존재하는 듯한 기분에서 벗어나, 하루를 마감하는 의례를 치르기 위해 알코올이 필요하다. 친구를 만나면 깊은 이야기를 나누기 위해, 업무와 연관된 사람을 만나면 긴장을 풀기 위해 알코올이 필요하다. 원고를 보낸 뒤 며칠이 지나도 편집자로부터 답장이 오지 않으면 내가 쓰레기를 보냈기 때문이라는 불안에 휩싸인다. 사람을 만나고 나면 실없는 농담이나 부적절한 흰소리를 했다는 자괴감에 짓눌린다. 이 불안감, 이 자괴감을 누그러뜨리기 위해 알코올이 필요하다. 내가 가진 두려움의 목록—모르는 사람과 통화하는 것, 남에게 부탁하는 것, 낯선 사람을 만나는 것, 새로운 일을 시작하는 것, 나의 책에 대한 반응을 보는 것—이 너무 길기에 알코올이 필요하다.

출판사의 대표와 편집자를 만나는 자리에 10분 일찍 도착했던 날, 나는 시계를 힐끔거리며 술을 주문하지 않고 기다릴 수 있을지 고민했다. 내가 쓰고 있는 책에 대해 이야기하는 자리였고, 나는 일주일 전에 원고지 300매 분량의 원고를 이메일로 보냈다. 근거는 없지만 그들이 원고를 마음에 들어하지 않는다는 생각이 들자, 10분 동안 가만히 있는 것이 형벌처럼 느껴졌다. 페로니 한 병을 주문해 순식간에 들이켰다. 일행이 도착했을 때는 두번째 페로니를 마시고 있었다. 대표와 편집자는 식사에 곁들여 와인을 한 잔씩 마셨고 잔을 비운 뒤에는 논알코올 음료로 바꿨다. 그사이 나는 술병이 바닥나면 직원을 부르고, 다음 술병이 바닥나면 또 직원을 불렀다. 결국 이야기를 나누는 한 시간 반 동안 나 혼자 다섯 병의 페로니를 마셨다.

적당한 취기는 효과적인 사회적 가면이다. 나는 상대의 말에 적절히 반응하고, 대화가 끊기지 않게 질문을 이어가며, 과하거나 모자라지 않게 미소 짓는다. 술잔이 비어 있는 상황을 견디지 못하는 나를 상대가 어떻게 생각할지 두렵지 않은 것은 아니지만, 사회적 가면을 유지하는 일이 더 중요하기에 알코올이 필요하다. 호감 가는 사람으로 보이려고 애쓸수록 알코올 사용에 문제가 있는 사람으로 보이는 것이다. 나는 마지막 한 방울까지 입에 털어넣고서야 자리를 떠난다. 그러면서 상대가 나의 알코올 사용장애를 눈치채지 않기를 바란다.

정신과 의사가 이 문제에 관해 이야기하고 싶어하는 기색을 보이면 나는 화제를 돌렸다. 같은 이야기가 두번째 나왔을 때는 한숨을 쉬며 말했다. "그 이야기는 하고 싶지 않아요. 너무 부끄러워요." 술에 관한 나의 지배적 감정은 부끄러움이다. 자주 술을 마시는 것이 부끄럽고, 술을 마시고 싶을 때 참지 못하는 것이 부끄럽고, 냉장고에 술이 없으면 불안한 것이 부끄럽다.

내가 열심히 일하지 않는 것은 아니다. 나는 술을 마시면서도 네 권의 논픽션을 완성했다. 원고 마감을 어기거나 미루지도 않는다. 취재나 강연에 늦은 적도 없고, 준비를 소홀히 한 적도 없다. 나의 일상은 잘 유지되고 있다. 집은 언제나 정돈되어 있고, 가구와 바닥은 반질반질하게 닦여 있으며, 모든 물건은 질서정연하게 놓여 있다. 관리비나 공과금을 연체하지 않고, 나의 능력치를 넘어서 출판계약서에 사인하지 않는다. 외출할 때는 깔끔하게 옷을 입는다. 옅게 화장하고 질 좋은 핸드백과 구두를 착용한다. 귀가하면 구두를 신발장에 넣고, 핸드백 속의 물건을 제자리에 수납하며, 옷을 옷걸이에 건다. 나는 알코올중독자의 이미지를 조금도 가지고 있지 않다.

그렇다고 스스로를 자랑스럽게 여기지는 않는다. 술을 마시면서도 어떤 일들을 이루어냈다는 것이 놀랍게 느껴지지만 내가 상처에 취약하고 두려움에 지배당한다는 사실, 내면의 큰 면적을 열등감과 외로움이 차지하고 있다는 사실은 달라지지 않는다. 맡겨진 일에 강한 책임감을 느끼지만 그 책임감이 버거울 때 술을 찾는다는 사실도 변함없다. 정신과 의사는 나의 완벽주의 성향, 높은 긴장도, 잦은 불안감이 알코올사용장애에 영향을 미친다고 말한 적 있다. 그렇다면 내가 술을 마시는 이유는 다른 누군가가 아닌 바로 나 자신을 견디기 위함일까?

IIΛ

술을 마시지 않은 지 한 달이 지났다. 알코올사용장애에 관한 글을 쓰기 전에 내가 술을 참을 수 있는지, 참는다면 며칠이나 가능한지 확인하고 싶었다. 이 금주가 계기가 되어 술을 끊을 수 있을지 모른다는 희망을 품는다. 인터넷에서 중증 알코올중독자의 사례를 검색하며 조금은 우쭐한 기분으로 중얼거린다. '이 사람은 정말 심하네. 나는 이 정도는 아니지.' 갑자기 피부과에 가서 리쥬란힐러에 대해 알아봐야겠다는 생각을 한다. 낮에 온라인쇼핑몰에서 본 스웨터가 품절될지 모른다는 생각도 한다. 금주를 하는 동안 이미 코트와 청바지와 구두를 구매했으면서.

알코올사용장애가 고통, 욕망, 결핍을 즉각적으로 해결하려는 상태라면, 지금의 나는 그 충동을 다른 방식으로 해결하려는 상태다. 새로운 대상에 매료되

90

고 그 매료가 일으킨 충동에 굴복하는 방식으로. '한 잔만 마시면 기분이 좋아질 거야'라는 속삭임은 '피부 시술을 받으면 기분이 좋아질 거야' '저 스웨터를 사면 기분이 좋아질 거야'로 바뀐다. 갈망이 끝없이 이어지면 언젠가는 감당할 수 없는 대상을 갈망할 것이다. '시내 한가운데에 새로 들어선 고급 아파트에 살면 행복해질 거야.' 술을 마시든 마시지 않든 내가 중독자라는 사실만 명백해진다. 캐럴라인 냅이 말했듯 소비사회의 특징적 신념은 고통을 즉각적으로 해결하는 것이고, 알코올이 아니라도 '욕망을 쫓으라'는 신자유주의의 명령에서 자유로운 사람은 없다.▪

이런 느낌은 늘 내 마음속에 존재했다. 이런 식의

▪ 이 문장은 캐럴라인 냅의 다음 문장들을 전유한 것이다. "고통을 신속하게 해결하려는 사람들의 속성은 미국이라는 소비사회의 특징적 신념이 되어, 전국에 다이어트 숍과 성형외과 병원들을 넘쳐나게 한다. 어떤 면에서 보면 알코올중독이란 그러한 추구, 그러한 탐색의 20세기적 표현이자, '열망은 무조건 채우고 봐야 한다'는 우리 사회의 일반적 가르침을 극단적으로 실현한 결과다." 캐럴라인 냅, 『드링킹, 그 치명적 유혹』, 고정아 옮김, 나무처럼, 2017, 91쪽. "뭔가에 중독된 사람들은 중독 대상을 한정하지도 않고, 또 중독 대상을 다른 것으로 교체할 생각을 빈번히 한다." 같은 책, 190쪽. 냅은 술을 끊은 뒤에도 중독적 사고방식은 사라지지 않으며, 충동이 다른 대상으로 이동할 수 있다고 말한다. 나는 그 말이 나의 경험과 깊이 일치한다고 느낀다.

‘갈망 대상’, 이것만 있으면 너는 마음의 평화와 위로를 얻을 거라는 영혼의 유혹들은 언제나 바깥에서 내 눈을 현혹시켰고, 나는 그런 유혹을 쉽게 잊지 않았다. 어린 시절 오랫동안 파티 구두와 승마 부츠에 목매던 나는, 커서는 그렇게 오랜 시간 알코올에 매달리게 되었다. 의도도 동기도 같았다. 다른 것은 대상뿐이었다.[10]

중독의 핵심이 ‘반복’이라는 사실을 환기하면 자신이 중독의 바깥에 있다고 단언할 수 있는 사람이 몇이나 될까? 스마트폰, 섹스, 일, 음식, 커피, 담배, 약물, 쇼핑, 미디어, 인터넷 서핑, 게임 등 현대인은 자율적으로 살아내기 위한 방편으로 비자율적 쾌락에 기대 특정한 행위를 반복한다. 더는 중독을 비참하게 훼손된 인간의 징표로만 여길 수 없다. 대상과 정도는 다르지만 무엇인가에 얼마만큼은 중독되어 있다는 점에서 우리는 공동의 운명에 처해 있다.

중독에서 벗어나는 것은 자유를 의미할까? 지금의 내가 그렇듯 우리는 고작 익숙한 충동에서 낯선 충동으로 건너가는 일을 ‘반복’할 수밖에 없지 않을까? 술을 마시지 않은 지 한 달째, 나는 여전히 갈망한다. 알코올의 궤도로부터 벗어나 또다른 궤도로 진입하는 이 순환은 낙관도, 희망도 없이 계속될지 모른다. 그래도 냉장고에 술이 없는 채로 오늘은 지나간다. 내일은 모르겠지만.

| 함께한 책

• 캐럴라인 냅, 『드링킹, 그 치명적 유혹』, 고정아 옮김, 나무처럼, 2017.

루바토 바에서*

: 거울 속의 '저 여자'와 오래전의 '그 여자'

마흔여섯 살의 가을, 루바토 바에 앉아 있던 그날은
내가 속수무책으로 나이들기 시작한 첫날이었다.

■ 이 글에 등장하는 바와 그곳에서 만난 사람들의 이름은 가칭이다.

루바토 바의 주인이자 기타리스트인 노이는 서른 살의 남자로 나의 첫 태국인 친구였다. 언제나 검은 데님바지에 검은 면티셔츠 차림이었는데, 긴 머리카락은 바텐더 일을 할 때는 하나로 묶었고 기타를 칠 때는 풀었다. 처음 치앙마이를 찾아 한 달 동안 머물렀던 2023년 가을, 나는 매일 루바토 바에 들르면서 노이와 친해졌다.

1년 뒤 반려자와 함께 다시 치앙마이를 찾았을 때, 조용하고 한산하던 그 바는 분위기가 사뭇 달라져 있었다. 넓지 않은 공간은 20~30대의 손님들로 북적였고, 밴드 공연이 있는 날이면 젊은이들로 발 디딜 틈이 없었다. 우리는 석 달의 태국 여행 가운데 두 달을 치앙마이에서 보낼 예정이었다.

노이와 가까워졌던 것처럼 바에 오는 손님들과도 어울릴 수 있으리라 생각했다. 실제로 몇몇 사람과 친구라고까지는 할 수 없어도, 반갑게 인사를 하고 스몰토크를 나누는 사이가 되기는 했다. 그러나 의례

적인 인사를 나눈 뒤에는 대화가 잘 이어지지 않는
다는 것을, 상대가 찾는 사람은 자기 또래의 젊은 친
구라는 사실을 어느 순간 알게 되었다. 인사와 몇 마
디 말이 오간 뒤 자연스럽게 합석하는 사람들과 달
리, 우리 둘만 우두커니 앉아 있는 밤이 잦았다.

그날도 루바토 바의 조용한 실내에 앉아 있었다.
가게는 유리문을 사이에 두고 실내와 노천 공간으
로 나뉘어 운영되었다. 나는 앉은 자리에서 유리
문 너머를 바라보았다. 그곳은 사람들로 점점 붐볐
다. 새로 온 손님들이 실내에 들어왔다가 우리를 힐
끗 본 뒤 의자만 챙겨 밖으로 나가는 일이 몇 번이
나 반복되었다. 노이는 노천 자리를 원하는 손님들
을 위해 테이블과 스툴을 밖으로 옮겼고, 우리 주변
은 곧 사람뿐 아니라 사물조차 없이 텅 비게 되었다.

젊은 남녀들은 조심스럽게 혹은 대범하게 서로의
관심을 끌기 위해 애쓰고 있었다. 누군가는 들뜨고
누군가는 흔들리고 누군가는 빠져들었다. 가끔 사람
들이 실내 안쪽에 있는 화장실에 가려고 유리문을
열고 들어오면 그가 묻혀온 열기가—남아시아의 더
운 날씨 때문만은 아니었다—나에게도 훅 끼쳐왔다.
젊음이 열광적으로 작동하는 공간에서 열정과 흥분

의 바깥에 놓인 채, 내가 다다른 곳이 어디인지 생각했다. 아니 에르노의 말처럼 "이제 욕망의 대상은 미래가 아닌 과거다".[11] 한때 내 삶의 방식은 젊음이 계속되리라는 착각 위에 세워졌지만, 이제 나는 젊음의 주변부로 밀려난 자신을 목격하고 있었다. 마흔여섯 살의 가을, 루바토 바에 앉아 있던 그날은 내가 속수무책으로 나이들기 시작한 첫날이었다.

|||\

아니다. 마흔여섯 살의 가을이 아니다. 나이듦은 이미 시작되었다. 마흔다섯 살의 여름이던가, 마흔네 살의 봄이던가? 거울 앞에서 눈주름과 팔자주름을 바라보다 마음이 상했던 날이, 체중이 10킬로그램 넘게 늘면서 더는 내 몸에 맞지 않고 앞으로도 영영 맞지 않을 옷을 커다란 비닐봉투에 쓸어 담던 날이, 아침마다 한줌씩 빠지는 가느다란 머리카락을 보며 좌절했던 날이, 굵고 진한 목주름을 가리기 위해 스카프를 해야겠다고 생각한 날이, 보톡스주사를 맞으려고 성형외과를 찾던 날이, 멀리 있는 것을 보려고 안경을 썼다가 가까이 있는 것을 보려고 안경

을 벗던 날이, 웬만한 일에는 설레지도 들뜨지도 않는 스스로를 자각한 날이, 낯선 남자에게 처음으로 '아줌마'라고 불렸던 날이, 그날이, 마흔다섯 살의 여름이던가, 마흔네 살의 봄이던가?

정확히 언제인지 모를 그 시기, 나는 전신거울 앞에서 가학적으로 얼굴과 몸을 뜯어보았다. 당혹감과 분노가 치밀었다. 거울 속의 '저 여자'가 오래전의 '그 여자'가 아니라는 사실을 깨달은 순간에 느낀 감정이 당혹감이라면, 분노는 더 넓은 범위의 진실에 관한 것이었다. 10대에 시작된 외모강박에 여전히 휘둘리고 있다는 진실, 거울 속 내 모습을 비난하는 데 정서적 에너지를 쏟고 피부 시술을 검색하는 데 물리적 시간을 쓰고 있으며 실제로 시술을 받는다면 막대한 돈을 쓰게 되리라는 진실, 그러느라 정작 중요한 일, 이를테면 읽어야 할 책이나 써야 할 원고는 뒷전으로 밀려난다는 진실, 이 같은 진실 앞에서 스스로가 한심하고 처량해서 견딜 수 없이 화가 났다.

여성들이 아무 도전 없이 주장할 수 있는 자산은 아름다움뿐이며 아름다움은 바람직한 자본이 아니라고 했던 트레시 맥밀런 코텀의 주장[12]을, 여성이 남성의 문화에서 '아름다움'인 이유는 그래야만 문화가 계속 남성의 문화일 수 있기 때문이라고 했던 나오미 울프의 비판[13]을 나는 읽었다. 그런 문장들을 수없이 읽으며 아름다움이 어떻게 자본화되고 제도화되는지, 여성을 축소하고 억압하는지 배웠다. (배웠다고 생각했다.) 동시에 나는 비비언 고닉이 말한 "영혼의 노예 상태"[14]에 놓여 있었다. 영혼의 노예 상태란 기억상실과 같아서 아는 것을 붙잡지 못하게 만든다. 아는 것을 붙잡지 못하면 경험을 받아들일 수 없고, 경험을 받아들이지 못하면 변화는 오지 않는다.[15]

코르셋에 얽매여 자괴감에 빠지는 일은 사회가 여성에게 가하는 부당한 압력에 굴복하는 꼴이다. 아름다움의 이데올로기는 여성이 해야 할 일을 하지 못하게 만든다. 안다. 나는 안다. 그러나 루바토 바의 유리문 너머로 젊은 남녀가 발산하는 열기를 바라보던 때, 감탄하다못해 부러워하고 부러워하다못해 쓸쓸해졌던 때, 저 걸출한 페미니스트들의 가르침은 힘을 발휘하지 못했다. 흔히 외모강박은 젊은 여자에게만 유효한 문제로 치부되지만, 한 연구 결과는 수많은 여자가 평생에 걸쳐 외모강박에 시달린다고 말한다.[16] 나는 오랜만에, 또다시, 외모강박에 사로잡혀 있었다.

숙소에 돌아오면 화장을 지우고 속옷 차림으로 거울 앞에 섰다. 쇼트커트에 웨이브파마를 하고 뿔테 안경을 낀 자신이 싫었다. 나의 스타일은 취향과 무관했다. 더는 긴 머리가 어울리지 않아서 쇼트커트를 할 수밖에 없었고, 머리카락이 나날이 가늘어져서 파마를 하지 않을 수 없었으며, 급격히 눈이 침침해져서 안경을 끼지 않을 수 없었다. 이런 외모는 미디어에 등장하는 '변신 전 모습'과 비슷했다. 영화나 드라마에서 예쁜 배우가 못생긴 여자 역할을 맡으면 뽀글뽀글한 쇼트커트를 하고, 화장기 없는 얼굴에 안경을 낀다. 변신의 순간이 오면 긴 생머리를 늘어뜨리고 화장을 한 뒤 안경을 벗는다. '못생긴 여자'라는 코드가 미디어에서 구체적으로 재현될 때 현실의 수많은 여자는 언제나 '변신 전 버전'으로 모욕당한다. '더 나은 버전'의 내가 없으리라는 사실을 아는 나 또한, 언제까지고 내면의 전신거울 앞에서 괴로워할 따름이다.

루바토 바에 젊은 사람만 오는 것은 아니었다. 내가 '올드맨 클럽'이라고 부르는 테이블에는 고국에서 은퇴한 뒤 치앙마이에 거주하는 나이든 남자들 몇이 앉아 있곤 했다. 이들은 언제나 노천 테이블에 앉았고, 화장실에 가거나 맥주를 주문할 때를 제외하면 안에 들어오는 일이 없었으며, 실내에서 밴드 공연이 한창일 때도 바깥에 앉아 자기들끼리 담소를 나누었다. 그 가운데 벤은 하루도 빠짐없이 바에 들렀는데 혼자 맥주를 마시며 먼산을 바라보는 날이 잦았다. (다른 올드맨들은 매일 오지 않았다.) 자세는 꼿꼿했고 얼굴은 무표정했다. 노이나 올드맨 클럽의 멤버가 아니면 말을 섞기는커녕 눈인사조차 나누지 않았다. 태도와 인상이 몹시 완고해서 나는 그가 사람을 꺼리는 것이 아닐까 짐작했다.

노이의 권유로 벤의 테이블에 앉은 날, 나는 그가 싱가포르에서 37년 동안 군인으로 근무했다는 것, 은퇴 후 치앙마이에 혼자 살고 있다는 것, 뉴욕으로 이주한 딸과 아들이 있다는 것을 알게 되었다. 짐작과 달리 그는 대화를 즐기고 온화하게 웃을 줄 아는 사람이었다. 내가 실내에 친구들이 있으니 함께 술을 마시자고 청하자 그는 미소 띤 얼굴로 말했다. "늙은이는 환영받지 못해. 내가 끼는 것을 네 친구들은 좋아하지 않을 거야." 그리고 손가락 사이에 끼우고 있던 담배를 바라보며 덧붙였다. "바깥이 담배 피우기에도 더 좋고."

벤이 혼자 있는 날이면 그의 테이블에 앉았다. 벤의 영어는 유창했지만 나는 익숙하지 않은 싱가포르 발음을 알아듣기가 어려웠다. 그래도 벤과 함께 있는 시간은 좋았다. 그즈음 한국에서 가져온 책들 가운데 외모강박에 관한 책을 펼쳐보았다. 목차에 등장하는 제목—'보디토크를 멈춰라' '거울로부터 고개를 돌려 세상과 마주하라'[17]—에는 전혀 마음이 동하지 않았지만 벤의 짧은 말에는 종종 감명을 받았다.

"오늘은 어땠니?"라는 인사에 내가 "그저 그래요"라고 대꾸하면 그는 말했다. "매 순간을 홀리데이처럼 보내렴." "저도 그렇게 젊지 않은걸요"라며 한숨을 쉬면 "40대는 인생의 페스티벌 같은 나이야"라고 답했다. 하루는 노이가 나에게 말했다. "벤과 이야기해줘서 고마워." 하지만 나는 벤과 이야기해'주는'

것이 아니었다. 20대 중반의 손님들이 "우리는 너무 늙었어. 거의 서른이 다 되었잖아"라고 푸념하는 곳에서 벤은 '어떻게 나이들 것인가?'를 상상하게 만드는 유일한 친구였다. 적어도 그와 이야기할 때는 외모에 대한 생각을 멈출 수 있었고 내가 생의 한가운데에 있음을 확신할 수 있었다.

그러나 더 나이가 들면 어떻게 될까? 벤만큼, 벤보다 더 나이가 들면 어떻게 될까? 벤의 말처럼 늙은이는 환영받지 못한다는 사실을 거듭 확인할 것이다. 빨리 걷거나 균형을 잡는 일이 어렵거나 때로는 불가능하게 느껴질 것이다. 기억력은 빠르게 감퇴하여 누군가의 얼굴과 이름을 떠올리는 데 애먹을 것이다. 모든 공간을 점령한 듯 보이는 젊은이들을 관망할 것이다. 자전거를 타고 데이트를 하고 우르르 몰려다니는 그들이 세상을 차지했다고, 내가 설 자리는 점점 줄어든다고 옹색한 불만을 토로할 것이다. 그리고 마흔여섯 살 가을 더는 젊지 않다고 느꼈던 순간을, '속수무책으로 나이들기 시작한 첫날'을 떠올릴 것이다.

한국에 돌아온 뒤, 더 나이들어버릴 어느 날에 참고가 되어줄 이야기가 떠올랐다. 미아 한센 러브 감독의 영화 〈다가오는 것들〉이다. 주인공인 나탈리(이자벨 위페르 분)는 50대의 철학 교사다. 그는 출근길의 지하철에서 한스 마그누스 엔첸스베르거의 『Le Perdant Radical(급진적 패배자)』를 읽고, 학생들에게 장자크 루소의 『사회계약론』을 가르치며, 어머니의 장례식에서 블레즈 파스칼의 『팡세』를 낭독한다. 쇼펜하우어, 아도르노, 샤토브리앙, 레비나스 등 그의 삶을 관통하는 주제는 철학이다. 젊은 시절 나탈리는 공산당에 가입하고 소련을 방문했던 급진주의자였으나, 현재의 그는 학생들의 파업에 항의하며 수업을 강행하는 보수적인 교사다. 나탈리가 교실에서 루소의 『신엘로이즈』를 강의하는 장면은, 젊은 날의 열정을 지나온 그가 꿈을 현실로 대체함으로써 삶을 감당하고 있음을 보여준다.

우리는 행복을 기대한다. 만일 행복이 안 온다면 희망은 지속되며 환영의 매력은 그것을 준 열정만큼 지속된다. 이 상태는 자체로써 충족되며 그 근심에서 나온 일종의 쾌락은 현실을 보완하고 더 낫게 만들기도 한다. 원할 게 없는 자에게 화 있으라. 그는 가진 것을 모두 잃는다. 원하던 것을 얻고 나면 덜 기쁜 법. 행복해지기 전까지만 행복할 뿐.

그의 주변에서 눈에 띄는 인물은 제자인 파비앵과 어머니인 이베트다. 파비앵은 젊은 시절의 나탈리를 닮은 청년이다. 그에게 행복이란 사회구조를 바꾸는 투쟁을 통해 도달하는 것이므로 그의 관점에서 스승은 부르주아다. 한편 이베트는 모델로 활동했던 젊은 시절을 그리워한다. 거울 앞에서 너무 많은 시간을 보내고, 비싼 옷을 사들이며, 자신의 외모가 아직은 괜찮다고 자위한다. 결핍감을 감당하지 못하는 그는 딸에게 집착하다시피 의존하고, 결국 자신에 대해 아무것도 깨닫지 못한 채 요양원에서 생을 마감한다.

파비앵이 나탈리의 과거라면 이베트는 나탈리의 미래일까? 그럴지도 모른다. 이제 그는 어머니처럼 혼자가 되었다. 젊은 여자와 사랑에 빠진 남편은 집을 나갔다. 자신만 바라보던 어머니는 세상을 떠났다. 장성한 자녀들은 제 살길을 찾아갔다. 파비앵에게 신념을 저버렸다며 비난받고, 스스로의 자부심이던 저서는 세태에 밀려 절판될 위기다. 그에게 철학이, 지성이, 책이 없었다면 이 영화는 어느 중년 여성으로부터 떠나가는 것들, 즉 상실에 관한 서사에 머물렀을 테지만 그에게 철학이, 지성이, 책이 있었기에 이것은 중년 여성에게 다가오는 것들, 즉 변화에 관한 서사가 된다.

그러나 정신적 지지대만 있으면 우리는 상실과 변화 사이에서 나 자신으로 존재할까? 우리의 삶은 진정 몰락하지 않고 우리의 정신은 끝내 노화하지 않을까? 견딤의 태도를 무엇으로 선택하느냐(체념으로? 집착으로? 의연함으로?)의 차이일 뿐, 결핍은 결핍으로 남아 언제까지고 메워지지 않는 것 아닐까? 외모강박으로 표면화된 나의 두려움은 무엇일까? 내가 진짜 두려워하는 것은 상실 그 자체보다 내가 잃은 것으로 초래되는 균열이 아닐까?

균열은 삶의 곳곳에서 징후처럼 나타나고 있다. 스스로의 존재가치에 대한 의심으로, 중심에서 밀려나는 불안으로, 시간을 유예하려는 헛된 시도로. 나는 과거의 방식으로 더는 존재할 수 없음을 알면서,

새로운 방식에도 온전히 적응하지 못한 채 자주 비틀거린다. 젊음의 상실에 잇따르는 것은 허방을 딛는 감각이다. 균형을 잃고 휘청거리는 상태.

전신거울 앞에 서는 일은, 알고 있는 것과 겪고 있는 것 사이에 나를 놓아두는 일이다. 영혼의 노예가 된 자에게 가장 혼란스러운 지점은 지적 이해와 정서적 경험이 충돌하는 모순적 내면인지 모른다. 지적인 사람도 노화와 쇠퇴, 환대받지 못하는 현실로 말미암아 무력해지는 순간이 있을 것이다. 육체를 통해 경험하는 세계에 환멸을 느끼는 순간이 있을 것이다. 여전히 혼란스러운 나, 다시금 외모강박에 사로잡힌 나는 오늘도 내면의 전신거울 앞에서 나의 몸과 이목구비를, 처지고 겹치고 불거지고 주름진 살을 면밀히 뜯어본다. 이 가학 행위를 통해 나이듦을 말하기에는 젊고, 젊음을 말하기에는 나이든 나의 진실을 포착할 수 있을지 모른다고 생각하며.

| 함께한 책

- 아니 에르노, 『세월』, 신유진 옮김, 1984BOOKS, 2022.
- 트레시 맥밀런 코텀, 『시크THICK』, 김희경 옮김, 위고, 2021.
- 나오미 울프, 『무엇이 아름다움을 강요하는가』, 윤길순 옮김, 김영사, 2016.
- 비비언 고닉, 『아무도 지켜보지 않지만 모두가 공연을 한다』, 서제인 옮김, 바다출판사, 2022.
- 러네이 엥겔른, 『거울 앞에서 너무 많은 시간을 보냈다』, 김문주 옮김, 웅진지식하우스, 2017.

목록들

: 사적인 상처, 공적인 폭력

이 목록은 함구하거나 묵살당한 모든 이야기,
스스로를 믿지 못하게 만든 세상을 향한 저항이다.

내 나이 열세 살, 남자 동급생들은 여자아이들의 치마를 들쳐 속옷을 보곤 한다. 여자아이들이 모두 바지를 입자 이번에는 하의를 끌어내리기 시작한다. 나는 허리가 딱 맞는 청바지를 입고 주변을 경계하며 희생자가 되지 않으려고 조심한다. 하지만 체육 수업이 시작되기 전, 방심한 채 운동장에 서 있다가 장*혁과 김*현에게 속수무책으로 그 짓을 당하고 만다. 헐렁한 고무줄로 만든 체육복은 벗겨지기 쉬운 옷이라 주의가 필요한데도, 다른 여자아이들은 수치스러운 일을 당할까봐 무리를 지어 있었는데도, 나만 외따로 서서 딴생각에 빠져 있었던 것이다.

멀리서 달려온 장*혁과 김*현이 내 체육복 바지의 허리춤을 움켜쥔 뒤 끌어내린다. 이때 장*혁의 손이 팬티를 함께 잡아당기는 바람에 나는 햇볕이 쨍쨍한 운동장에 아랫도리를 드러낸 채 서 있게 된다. 허벅지에 걸쳐진 바지를 황급히 추켜올리지만 몇몇 아이가 나의 그곳을 봤을 것 같다. 체육시간이 끝나고 여자아이들이 교사에게 이 일을 알린다. 교사가 나에게 말한다. "*혁이와 *현이가 너를 좋아하나보다."

학기가 끝나갈 무렵 남자아이들 사이에서는 또다른 '놀이'가 유행한다. 여자아이의 엉덩이를 움켜쥐었다가 도망가는 것이다. 두세 번 그런 일을 당한 뒤 나는 주위를 두리번거리는 버릇이 생긴다. 나와 함께 하교하는 *미는 2년 전이던 열한 살 때 월경을 시작했고 가슴이 여자 어른처럼 불룩하다. *미가 나에게 자신의 아래쪽이 털로 수북하다고 말한 다음부터 나는 그 아이가 낯설게 느껴진다.

어느 하굣길, 한 무리의 남자아이들이 우리를 향해 돌진한다. 한 아이가 *미의 가슴을 만지는 동시에 다른 아이가 *미의 사타구니를 움켜쥔다. 그 자리에 주저앉은 *미를 일으켜세우면서 나는 두려움을 느낀다. 남자아이들이 돌아와 나에게도 같은 짓을 할까봐 겁이 난다. 더는 *미와 함께 다니고 싶지 않다.

열다섯 살, 우리는 발육 상태와 무관하게 브래지어를 착용하라고 강요받는다. 이 규칙을 열렬히 수호하는 사람은 젊은 남자인 과학 교사다. 그는 지휘봉을 들고 교정을 돌아다니다가 아무 학생이나 불러

세워 지휘봉 끝을 학생의 등에 대고 천천히 위에서 아래로 훑는다. 지휘봉에 브래지어끈이 걸리면 그냥 지나가지만 걸리지 않으면 한참 동안 꾸짖는다. 가끔 그는 여학생의 팔 안쪽에 손을 넣어 겨드랑이와 가까운 부위를 꼬집듯이 주무른다. 아이들 사이에서는 그 부위의 살이 가장 연하다는 말이 나돈다.

열일곱 살, 밤늦게 학원이 끝나고 버스를 탄다. 귀가하는 학생과 퇴근하는 직장인으로 버스는 만원이다. 나는 뒷문 근처에 서서 창밖을 바라보다가 교복 치마 뒤쪽이 스르르 올라가는 느낌에 화들짝 놀란다. 사람들이 많아서 옷이 쓸려 올라갔겠거니 생각하며 치마를 끌어내린다. 잠시 후 다시 치마가 올라간다. 뜨끈하고 축축한 손바닥이 내 허벅지 안쪽을 더듬거린다. 소리도 지르지 못한 채 뒤를 힐끔거리다가 웬 남자와 눈이 마주친다. 마침 버스가 정류장에 도착하고 그 남자는 재빨리 뒷문으로 내린다.

열여덟 살, 이른 등굣길에 삐삐 메시지를 확인하려고 한적한 골목의 공중전화 부스에 들른다. 학교에 하나뿐인 공중전화는 늘 아이들로 북새통이기 때문이다. 내 앞에는 젊은 남자가 전화기를 붙들고 있다. 술냄새가 끼친다. 그는 수화기 너머의 여자에

게 애원하다가 고함을 지르고, 징징거리다가 화를
낸다. 그러다 내가 거기 있다는 사실을 알아차린다.
나를 향해 소리친다. "씨발년아, 꺼져!"

열아홉 살, 친구와 식당에 갔다가 가게 바깥에 있
는 공중화장실에 간다. 변기에 앉으려고 옷을 내리
는데 이상한 느낌이 든다. 고개를 들어 칸막이 위를
올려다본다. 거기, 남자의 얼굴이 있다. 눈만 내놓고,
나를 내려다보고 있다. 나는 비명을 지르면서 화장
실을 뛰쳐나온다. 식당으로 달려가 방금 있었던 일
을 주인에게 말하고 그와 함께 다시 화장실에 간다.
옆 칸의 변기는 뚜껑이 닫혀 있고 그 위에는 신발자
국이 찍혀 있다. 주인이 근처를 둘러보지만 남자는
보이지 않는다. 우리가 식당으로 돌아온 지 얼마 되
지 않아 한 남자가 들어와 일행이 있는 테이블로 간
다. 눈이 마주친 순간, 나는 그를 알아본다. 하지만
끝내 그가 범인이라고 말하지 못한다.

|||\

이것은 나의 청소년기, 이차성징이 나타난 뒤부
터 성인 여성이 되기 전까지 대략 6~7년 동안 벌어

진 일의 '목록'이다. 정확히 기억나지 않는 일이 더 많다는 점에서 불완전한 목록이고, 세부적인 사항을 묘파하지 못한다는 점에서 불만족스러운 목록이며, 내가 느낀 감정을 표현할 언어가 없다는 점에서 불가능한 목록이다. 또한 성인 여성이 된 이후에 벌어질 사건에 비하면 너무나도 사소해서 본격적인 폭력의 예고편처럼 느껴지는 목록이다.

어릴 때부터 겪은 일상적인 성차별과 성폭력은 나에게 자기 의심의 씨앗을 심었다. 불쾌한 일이 생기면 나는 스스로에게 물었다. 그를 오해하게 만들었는가? 나를 헤프게 여길 여지를 주었는가? 너무 예민하게 받아들이는가? 그에게 나쁜 의도가 있었는가? 이 질문은 나의 목소리이자 타인의 목소리였다. 누군가에게 털어놓으면 의구심 섞인 다그침이 돌아올 것 같았다. '확실해? 네 잘못은 없어? 상황을 부풀려서 말하는 건 아니야?' 나는 증언하기도 전에 상상 속 목소리에게 추궁당했다. (하지만 이 목소리가 정말 상상 속에만 존재할까?)

왜 당신에게 그런 일이 일어났느냐고 묻는다면 이렇게 답할 수밖에 없다. 내가 여자이기 때문에. 왜 오랫동안 그 일들에 관해 말하지 않았느냐고 묻는다면 이렇게 답할 수밖에 없다. 평범한 일인 줄 알았기 때문에. 이야깃거리조차 되지 않는다고 여겼던 일에 관해 목록을 만든 것은 로라 베이츠의 『목록』을 읽고 나서였다. 베이츠는 서문에서 자신을 향한 농담, 장난, 놀이, 평가, 혐오, 차별, 희롱, 추행의 역사를 열 페이지 가까이 열거한 뒤 말한다. 이 일은 모두 연관되어 있다고.[18]

베이츠는 한 주 동안 성희롱과 성추행을 연달아 겪고 나서 처음으로 이 경험을 연결했다. 점과 점을 잇듯이.[19] 그는 의문을 품는다. 나의 성별로 인해 삶이 공포, 학대, 차별로 얼룩지는 상황이 정당한가? 이런 사람이 정말 나 혼자인가? 더는 침묵하지 않겠다고 결심한 그는 '일상 속 성차별 프로젝트'를 시작한다. 각자가 겪은 성차별과 성폭력에 관해 글을 올리는 웹사이트다. 베이츠가 『목록』을 집필할 무렵 사이트에는 세계 각지에서 도착한 글이 게시되어 있었다. 2천 개도 2만 개도 아닌 20만 개의 글이.

수많은 경험담을 일독하며 그는 저마다 다르게 보이는 폭력에 공통점이 있다는 사실을 찾아낸다. 그 공통점이 인종주의, 비장애중심주의, 이성애규범성, 비만 혐오, 계급 장벽, 종교, 정신건강, 체류 자격을 둘러싼 편견까지 아우른다는 것을 깨닫는다. 즉 여성들의 이야기에는 교차성▪이 존재한다. 20만 개가 넘는 목록은 이런 일이 사적 경험이나 개인의 문제가 아님을 증명한다. 문제는 우리가 아니라 시스템이다. 목록이 100개에서 1천 개로, 1천 개에서 1만 개로 늘어나면서 베이츠는 점과 점을 연결하는 선을 발견한다.[20]

20만 명의 경험은 개별적 이야기를 넘어 '패턴'을 드러낸다. 그것은 등고선, 고속도로, 우회로가 있는 지도와 같다. 지도 속에서 지류가 모여 강이 되고 강이 모여 홍수를 일으킨다. 베이츠는 이 이야기가 가진 폭발력을 지적한다.[21]

그가 진행한 '일상 속 성차별 프로젝트'는 우리가 억압당하는 방식, 억압이 은폐되는 구조를 알려준다. 수많은 여성이 기나긴 목록을 가지고 있지만, 자

▪ 법학자이자 여성운동가인 킴벌리 크렌쇼는 1989년 논문 「인종과 성의 교차를 주류화하기」에서 '교차성'이라는 용어를 처음 제안한다. 그는 젠더, 인종, 계급 등 한 개인의 다양한 정체성이 상호작용하면서 차별이 복합적으로 작동한다고 보았다. 그는 이 용어를 통해 인종차별과 성차별의 교차 속에 존재하는 흑인 여성의 경험을 가시화했을 뿐 아니라, 백인 여성 중심의 페미니즘과 흑인 남성 중심의 반인종주의 둘 다에 저항했다.

신의 이야기가 여러 이야기 가운데 하나가 아니라 오로지 자신만의 일이라고 생각한다. 혼자라고 느끼고 스스로를 주변화하는 이유는 대개 원인을 자신에게서 찾기 때문이다. 개인이 원인이라는 생각에 갇혀 있을 때 구조는 보이지 않는다. 결과적으로 우리는 '묵살이라는 위업'을 이룩한 사회에서 살고 있다".[22]

나만의 문제라고 여겼던 것이 공동의 문제, 나아가 구조의 문제라는 사실을 깨달은 시기, 나는 '여성의 몸'을 주제로 책을 쓰려고 몇 명의 여성을 인터뷰했다. 그때는 단절되고 파편화된 여성의 경험을 목록화한다고 인식하지 못했지만, 돌이켜보면 그것은 목록을 수집해 지도를 그리는 작업이었다. 이들은 내가 몸에 대해 질문하기 전까지, 예전의 나처럼 자기 경험이 이야깃거리가 된다고 생각하지 못했다. 하지만 인터뷰를 청하자 가감 없이 속내를 털어놓았다. 우리는 몸의 미시사를 이야기하는 일이 폭력의 거시사를 이야기하는 일임을 함께 알아갔다. 다음은 내가 그들에게서 모은 목록의 일부로서 각색을 덧붙여 재구성했다.

1. 몸에 대한 첫 기억은 사정없이 날아들던 아빠의 주먹이에요. 아빠는 저를 볼 때마다 '사랑하는 우리 딸'이라며 안아주는 사람이자, 딸에게 실망하는 순간을 견디지 못해 주먹을 휘두르는 사람이었어요. 딸이 소유물이 아니라 하나의 인간이라는 사실을, 그래서 당신 뜻대로 되지 않을 수 있다는 현실을 받아들이지 못했죠. 학원을 빠졌을 때, 거짓말을 했을 때, 집에 늦게 들어갔을 때 변명할 틈도 없이 주먹이 날아왔어요. 성인 남자의 크고 단단한 주먹이 어린 여자아이의 얼굴이나 배 같은 말랑한 부위에 무차별적으로 내리꽂혔어요. 저는 급소를 움켜쥔 채 바닥을 나뒹굴며 소리쳤어요. "잘못했어요. 잘못했어요." 그래도 아빠가 멈추지 않으면 저도 모르게 이런 말이 흘러나왔어요. "살려주세요. 살려주세요." 아빠는 사랑과 죽음을 함께 알려준 사람이에요.

2. 초등학교 6학년 때 옆 반 교사가 떠올라요. 1980년대 중반이었고 성인지감수성이나 학생인권 같은 개념이 없을 때였죠. 저는 또래보다 머리 하나는 더 컸

고 발육도 빨랐어요. 학급에서 키가 제일 커서 늘 마지막 번호를 배정받았고, 뒷문과 가장 가까운 자리에 앉았어요. 옆 반 교사는 우리 담임과 친했어요. 수업시간에도 종종 뒷문을 열고 들어왔죠. 그가 교실에 와서 가장 먼저 하는 일은, 제 티셔츠 속에 손을 집어넣어 가슴을 움켜쥐는 것이었어요. 저는 고개를 숙인 채 그 순간이 지나가기를 기다렸어요. 수치심보다 고통이 더 컸어요. 가슴에 몽우리가 생기던 때라 살짝 스치기만 해도 아팠거든요. 선생이 가슴을 움켜쥘 때마다 비명이 터질 것 같았지만 입술을 깨물고 참았어요. 아이들은 교단을 보고 있었어요. 친구들은 못 봤겠죠. 하지만 교단에서 아이들을 보고 있는 담임은요? 분명히 봤을 거예요. 담임이 못 본 체할 때마다 이 상황이 결코 보여지거나 말해져서는 안 되는 일이라고 느꼈어요.

3. 대학에 다닐 때 남자들한테 인기가 많았어요. 학기 초에 남자 선배들이 신입생 외모 순위를 매겼는데, 제가 1등이라는 것을 알고 기분이 좋았어요. 크롭티, 스키니진, 미니스커트처럼 몸매가 드러나는 옷을 즐겨 입었어요. 남들에게 제 몸을 보여주는

것이 좋았거든요. 학교 선배와 동기뿐 아니라 길거리나 카페에서 만난 낯선 남자들한테 사귀자는 말을 수없이 들었어요. 어떤 남자는 만나줄 때까지 기다리겠다고 했고 어떤 남자는 만나주지 않으면 죽어버리겠다고 했어요. 고백인지 협박인지 모를 말이 지긋지긋하면서도 어느 정도는 그런 관심을 즐겼던 것 같아요.

2학년 때 첫 연애를 했어요. 잘생기고 키 크고 인기도 많은 남자 후배였죠. 연애를 시작하자 남자친구는 모텔에 가려고 안달이었어요. 6개월이 지났을 때 저는 그 일을 '허락'했고요. 방에 들어가자마자 그는 저를 눕히고 다급히 올라탔어요. 그가 티셔츠를 벗기자 저는 눈을 감았어요. 한참이 지나도 아무 일이 일어나지 않아서 눈을 떴더니 남자친구가 제 위에서 가슴을 내려다보고 있더라고요. 그가 말했어요. "아이씨, 다 뽕이네." 그가 왜 기분이 나쁜지 몰라 어리둥절했어요. 남자친구는 짜증 섞인 말을 계속했어요. "아이씨, 큰 줄 알았는데 속았네. 내 거 다 죽었잖아." 하지만 그런 이유로 죽을 것 같으면, 진심으로 말하는데, 영영 죽어 있는 편이 낫지 않겠어요?

4. 제가 과거에 백인과 사귀었다는 사실을 알고 남자친구는 격분했어요. 처음 듣는 단어를 되풀이해 말하더라고요. "양갈보년." 그는 자신이 첫 남자가 아니라는 사실보다 제 첫 남자가 백인이라는 사실을 더 견딜 수 없었나봐요. "더러워, 양놈이랑 놀아나는 년." 나중에 다른 상황에서, 다른 남자에게 '더럽다'는 말을 또 들었어요. '더럽다'는 남자가 여자를 모욕할 때 하는 가장 효과적인 표현 중 하나가 아닐까요? 그 말을 들었을 때 몸이 굳는 것 같았거든요. 그런데 제가 남자한테 그 말을 돌려주었을 때는 그다지 타격을 받지 않더라고요. '더럽다'거나 '걸레'라는 욕은 여자한테만 유효한 것 같아요.

5. 젊을 때 텍사스주 엘패소에 살았어요. 멕시코와 미국의 경계 지역이고, 카운티 대부분이 사막이나 농경지예요. 돈이 급해서 이력서를 들고 여기저기 면접을 보러 다녔어요. 피자집도 가고 패밀리레스토랑도 갔는데 다 거절당했어요. 아시아인이 아니면 결과가 달랐을까요? 결국 일본계 미국인이 운영하는 일식당에 취직했어요. 그 지역에 멕시코인이 많

은데 라틴계가 몹시 하대당해요. 그런데 아시아계는 라틴계보다 더 하대당해요. 흑인도, 멕시코인도 아시아인을 무시해요. 자기들이 당했던 설움을 더 소수인 인종에게 푸는 거죠. 어디서든 차별과 혐오는 비슷하게 작동하나봐요.

저는 오로지 '아시아 여자'로만 존재했어요. 백인 남성 중심적인 사회에서 취약한 정체성이죠. 제가 어떤 생각을 하고 무엇을 알고 어떻게 살았는지 관심 가지는 사람은 아무도 없었어요. 어린아이 취급을 당하는 경우도 많았어요. 말을 못 알아듣는다고 여기고는 서너 살 먹은 어린아이처럼 대해요. 어떨 때는 그 자리에 없는 사람처럼, 저에 대해 3인칭 화법으로 대화하고요. 아시아 여자는 지성도, 감정도 없다고 생각하는 것 같았어요. 심지어 같은 아시아인, 제가 일했던 식당 사장도 저를 함부로 대했어요. 그도 아는 거예요. 힘없고 돈 없고 의지할 데 없는 어린 여자라는 걸. 사장이 제 팁을 몽땅 가져갔어요.

6. 젊을 때도 몸에 대한 콤플렉스가 없지 않았어요. 튼실한 허벅지와 도드라진 엉덩이가 마음에 안 들었죠. 참 말랐을 때인데 짧은 치마를 입고 학교에

가면 남학생들이 그랬어요. "얘 허벅지 봐라." 바지를 사러 가면 여자 친구들이 그랬어요. "너 오리궁둥이네." 40대 후반이 되면서 외모 콤플렉스가 없어졌다고 생각했는데, 살이 찌니까 스트레스를 받더라고요. 남편은 키가 크고 호리호리한데다 저보다 훨씬 어려요. 얼마 전 함께 외출했는데 제가 기분이 좋았나봐요. 남편의 팔짱을 끼고 재잘재잘 이야기했거든요. 횡단보도 앞에 멈춰 섰을 때 옆에 있던 여자들이 수군거렸어요. "저 남자는 왜 저런 여자랑 같이 다니는 거야?" 남편은 훤칠하고 멋진 젊은 남자예요. 하지만 저는 '저런 여자', 그러니까 살찌고 나이든 여자인 거예요. 갑자기 눈물이 쏟아졌어요. 여자들의 말을 듣지 못했던 남편이 당황해서 물었어요. "왜 울어?" 그 말을 전할 수가 없었어요. 너무 비참해서 울기만 했어요.

⫼

나는 '여성의 몸'에 대한 책을 끝내 쓰지 못했다. 녹취록을 정리하다보면 심장이 두근거리거나 식은땀이 흘렀다. 하루는 갑작스러운 열감이 온몸을 덮

치더니 경련이 일어났다. 비상약으로 챙겨둔 진정제를 삼키고 침대에 누웠다. 쉴 새 없이 눈물이 흘렀다. '왜 저마다 다른 여자들인데 이야기는 하나같이 비슷한 걸까? 왜 그들은 누군가가 묻기 전에는 이야기를 꺼내지 않았을까?' 물론 나는 알고 있었다. 그들의 이야기는 나의 이야기였고 그들이 침묵한 이유는 내가 침묵한 이유였으므로.

나는 목록을 작성한다. 그것이 이 글의 초반에 열거한 이야기다. 청소년 시절의 목록을 전반부라고, 성인 여자가 된 뒤의 목록을 후반부라고 한다면, 나는 아직 후반부를 시작하지 못했다. 캣콜링, 교제폭력, 강압적 신체 접촉, 성적 모멸감을 동반한 언어들을 상기하는 일이 너무 괴롭다. 그럼에도 불구하고 언젠가는 생의 전반에 걸친 나의 목록을 만들고 싶다. 몇 년 전 중단했던 여성의 몸에 관한 책도 다시 쓰고 싶다.

산발적으로 자리한 점과 점을 연결해 선으로 가득 찬 지도를 만드는 일은 우리 자신에 대해, 우리가 살고 있는 세계에 대해 더 많은 사실을 알려줄 것이다. 그 이야기들은 주제나 발화자에 따라 나뉘지 않는다. 우리의 목록은 분류를 위한 것이 아니라, 이야기가 겹치는 지점을 찾아내고 억압의 뿌리를 드러내기 위한 일이기 때문이다. 이 목록은 함구하거나 묵살당한 모든 경험에 대한 이야기이며, 스스로를 믿지 못하게 만든 세상을 향한 저항이다. 우리에게는 더 많은 목록이 필요하다.

| 함께한 책

• 로라 베이츠, 『목록』, 황가한 옮김, 알에이치코리아, 2023.

3부

짐승 곁에서

상실과 애도

: 피피에게

나는 그 아이가 없는 세상에서
그럼에도 불구하고 살아가는 쪽에, 사랑하는 쪽에 머물렀다.

‘가정용 산소방’ 혹은 ‘강아지 산소방’, 그날 내가 검색했던 단어는 둘 중 하나였을 것이다. 지금 기억에 남아 있는 것은 수의사가 피피에게 ‘산소방’이 필요하다고 말했던 것이다. 정확한 명칭이 ‘가정용 산소방’인지 ‘강아지 산소방’인지는 기억나지 않는다. 피피는 전날부터 동물병원의 산소방에 있었다. 산소가 공급되던 투명한 상자를 그들이 ‘산소방’이라고 불렀는지 ‘산소실’이라고 불렀는지도 이제는 분명하지 않다. 피피가 숨을 쉬기 어려운 이유가 ‘폐에 물이 가득차서’라고 설명했던 일은 기억난다. ‘더는 해줄 것이 없다’는 말도.

더는 해줄 것이 없다.
산소방이 필요하다.

집으로 돌아오는 길, 숨을 헐떡이는 피피를 보며 두 문장을 되뇌었다. 그 안에 피피가 살아날 방법이 있는 것처럼. 그때는 이 문장들이 모순된다고 생각하지 못했다. 어쩌면 생략된 말이 있다고 믿었는지 모른다. '(병원에서) 더는 해줄 것이 없다. (집에 가면) 산소방이 필요하다.' 나에게는 두번째 문장이 훨씬 중요해 보였다. 첫번째는 수의학의 한계를 뜻하고 두번째는 피피의 생존 가능성을 의미한다고 여겼다. 나는 차 안에서 업체를 찾아 산소방을 주문했다. 그리고 집에 도착한 지 30분 만에, 산소방이 배송되기도 전에 피피가 숨을 거두었다. 나는 산소방 업체에 전화를 걸었다. "아이가 떠났어요." 낯선 사람에게 첫 부고를 전하며 벽시계를 봤다.

2018년 6월 16일 오전 11시 25분.

더는 해줄 것이 없다.

두번째 부고는 친분이 있던 동물단체 대표에게 전했다. 왜 그였는지는 모르겠다. 피피는 그 단체에서 구조한 개도 아니었다. 13년 전 겨울, 지인이 더는 키울 수 없다며 나에게 맡기고 간 아이였다. 이런 상황에서 어떻게 해야 할지 그가 가장 잘 안다고 생각했을까? 많은 개를 구했고 많은 개를 떠나보냈으니까. "저 어떡해야 해요?" 내 질문이 무슨 뜻인지 나도 몰랐다. 다음 절차에 관한 물음인지, 피피가 없는 삶에 대한 물음인지. "빨리 ○○로 가세요." 그가 말한 곳은 경기도 외곽의 반려동물 장례업체였다. 업체 이름은 기억나지 않지만 그 말은 또렷하다.

"빨리 (……) 가세요."

왜 빨리 가라고 했을까? 6월이니 무더운 날도 아니었는데, 시신이 금세 부패할 기온도 아니었는데, 그 아이를 안고 씻기고 어루만지며 더 시간을 보낼 수 있었는데. 나는 그의 말대로 했다. 장례식장에 전화를 걸어서 "지금 갈게요"라고 말했다. *빨리 가세요. (……) 지금 갈게요.* 나는 순응했고 곧장 움직였다. 전하지 못한 사랑이, 안고 있지 못한 몸이 어떤 후회로 남을지 생각하지 못했다. 죽음을 당장 '처리'하는 것이 얼마나 말도 안 되는 일인지 생각하지 못했다. 나는 입력된 명령어대로 움직이는 기계 같았다. 피피를 안고 집을 나설 때 머릿속에는 두 단어만 있었다.

빨리, 지금.

장례식장에는 반려자와 동생이 함께 갔다. 우리는 햇볕이 잘 드는 작은 방으로 안내받았다. 피피는 흰 천으로 덮인 운구용 수레 위에 누워 있었다. 직원이 다가와 수의를 입히겠느냐고 물었다. 몇 년 전 임시보호하던 미코를 떠나보냈을 때가 떠올랐다. 나는 경제적 여유가 없었고, 하룻밤 사이에 청구된 백만 원이 넘는 병원비도 당시 남자친구였던 반려자가 대신 결제해주었다. 차마 수의 비용까지 내달라고 할 수 없어 미코에게는 수의를 입히지 못했다. 누군가가 "너는 미코에게는 할 만큼 했잖아"라고 위로하면 나는 마음속으로 중얼거렸다. '아니, 수의를 입히지 못했어.'

수의를 달라고 하자 직원이 물었다. "아이 성별이 어떻게 되나요?" 평소 같으면 수의와 성별이 무슨 상관인지 의아했겠지만 그때는 아무 생각도 없었다. "여자아이예요." 잠시 후 직원은 분홍색 수의를 가져왔다. 그제야 질문의 의미를 이해했다. 성별을 물은 이유는 수의의 색깔을 정하기 위해서였다. 내가 그런 상황을 불편해하리라고 짐작한 동생이 말했다.

"언니, 피피한테 분홍색이 잘 어울린다." 직원은 유골함에 대해서도 물었다. 일반형과 고급형이 있었다. 고급형의 장점을 듣는 동안에도 나는 아무 생각이 없었다. 내가 아는 것은 이 순간의 선택이 평생 기억에 남으리라는 것뿐이었다. 동생이 말했다. "고급형으로 할게요."

우리는 번갈아가며 피피에게 사랑한다고 속삭였다. 지금이 지나면 다시 볼 수 없는 얼굴을 바라보고, 다시 만질 수 없는 몸을 쓰다듬었다. 피피의 입가에 흘러내린 액체를 보고 나는 직원에게 말했다. "침을 흘렸어요." 피피가 살아 있을지 모른다는 희망, 침을 흘린 것이 그 증거라는 희망, 지금이라도 병원에 가면 된다는 희망. 하지만 직원은 자주 있는 일이라는 듯 고개를 끄덕였다. 그 고갯짓이 희망을 무너뜨렸다. 나는 뻣뻣해진 피피의 몸을 다시 어루만졌다. 더는 해줄 것이 없다.

분홍색 수의를 입은 피피가 이동장비에 실려 화장장으로 들어갔다. 우리는 유리창 너머로 그 모습을 지켜보았다. 직원이 피피를 소각로에 넣고 문을 닫았다. 문득 이 모든 일을 멈춰야 한다는 생각이 들었다. 아직 피피는 죽지 않았기 때문에. 사람들이 그 아이를 산 채로 불태우게 내버려두어서는 안 되기 때문에. 피피가 살아 있다고 믿으면서 그 시간을 어떻게 버텼는지 기억나지 않는다.

장례식장에서의 마지막 기억은 이것이다. 피피는 몇 개의 뼛조각이 되어 소각로를 나왔고, 직원은 그것을 수습해 구석의 탁자로 걸어갔다. 탁자 위에는 믹서기가 놓여 있었다. 말릴 틈도 없이 그는 뼛조각을 믹서기에 넣고 전원을 눌렀다. '눈을 의심한다'는 말이 무슨 뜻인지 처음으로 정확히 이해했다. 피피가 믹서기 안에서 갈리고 있었다. 지금도 내가 본 장면을 의심한다. 정말 그 일이 실제로 일어났을까?

그날의 모든 일이 비현실적으로 느껴진다. 산소방, 빨리 가세요, 분홍색 수의, 고급형 유골함, 믹서기. 그날 이후에도 종종 그런 순간이 있었다. 이를테면 피피의 옷과 장난감을 깨끗이 빨아 상자에 넣으며 나는 생각했다. '필요할 테니까.' 그리고 내가 무슨 생각을 했는지 곧 깨달았다. '피피가 돌아오면, 필요할 테니까.' 소각로에 불이 켜지던 순간, 내 머릿속에 떠오른 생각은 지금까지 사라지지 않는다. '내가 그 아이를 산 채로 불태웠어.' 이 생각이 나에게는 전혀 비논리적으로 느껴지지 않는다. 오히려 그 문장은 피피가 소각로 안에서 고통스러워하는 이미지로 이어지고, 이미지는 다시 문장을 강화한다. '내가 그 아이를 산 채로 불태웠어.'

반면 사람들은 나에게 현실을 상기시키려 안달이 난 듯했다. 그때마다 화가 났다. 피피가 세상을 떠나고 처음 교회에 나간 날, 목사님은 이렇게 설교했다. "동물은 사람과 달리 영혼이 없습니다. 영혼이 없기 때문에 천국에 갈 수도 없습니다. 죽으면 사라지는 것입니다. 하나님이 영혼을 부여하고 천국을 허락한 존재는 인간뿐입니다." 목사님은 내 시어머니이기도 했다. 피피가 천국에 가기를 매일 기도했던 나는 분노했다. 그리운 존재를 다시 만날 수 없는 곳이면, 천국이 무슨 소용이지?

하루는 친구가 내가 본 적이 없는 피피의 사진을 보내왔다. 피피를 자신의 다리 위에 앉힌 채 쓰다듬고 있는 사진이었다. 메시지에는 이렇게 적혀 있었다. "이런 사진이 있었네^^" 나는 내 사진첩에 있는 피피 사진조차 보지 못하고 있었다. 사진을 보는 순간 내가 그 아이를 실제로 볼 수 없다는 사실을 깨달을까봐 두려웠다. 그런데 친구는 무방비하게 내가 피피의 사진을 보게 만들었고, 웃는 이모티콘까지 덧붙였다. 그때도 나는 분노했다. 시간이 한참 흐른 뒤에야 분노의 정체를 알았다. 나는 피피를 '나의 아이'라고 생각했지만, 사람들은 피피를 '인간 아이'로 대해주지 않았기 때문에. 나는 피피를 여전히 살아 있는 존재로 느꼈지만, 사람들은 그 아이를 이미 죽은 존재로 여겼기 때문에.

||\

조앤 디디온의 회고록 『상실The Year of Magical Thinking』은 남편을 잃고 1년 동안의 시간을 기록한 책이다. 남편이 심장마비로 갑작스레 세상을 떠난 첫날밤, 디디온은 함께 있어주겠다는 지인들의 배려를 고집스럽게 거절한다. "존이 돌아올 수 있으려면 나 혼자 있어야 했다."[1] 그는 남편의 부고 기사를 읽지 못한다. "내가 그를 산 채로 묻히게 내버려뒀다고 생각했기 때문이었다."[2] 그는 남편의 유품을 정리하려다 그의 구두는 남에게 줄 수 없다고 생각한다. "존이 돌아오면, 구두가 필요할 테니까."[3]

몇 달 동안 디디온은 '존을 되살리기'라는 목표에 매달린다. 그가 '마법적 사고magical thinking'에 빠져 있던 자신의 상태를 세심히 분석해놓은 덕분에, 내가 겪은 일들을 조금 더 이해할 수 있었다. 적어도 내가 미쳐 있지는 않았다는 것, 사랑하는 존재를 잃은 자에게 찾아오는 너무도 인간적인 마법이었다는 것. 그렇다고 해서 피피를 산 채로 불태웠다는 생각이 사라지지는 않는다. 피피의 물건이 더는 필요하지 않음을 깨닫고도 남에게 주지는 못한다.

우리는 불완전하고 유한한 존재이고, 외면하려 해도 유한성을 의식할 수밖에 없다. (……) 우리는 상실을 슬퍼하면서 좋든 싫든 우리 자신을 애도하게끔 되어 있다. 우리의 이전 모습을. 이제는 돌아갈 수 없는 자신을. 언젠가는 영원히 사라질 존재를.[4]

그러나 이제 피피가 떠나던 순간에 대해 말할 수 있다. 집에 돌아와 소변을 보고, 휘청이며 제자리를 뱅글뱅글 돌다가, 풀썩 쓰러지던 그 아이의 마지막 순간에 대해. 내가 안아 들자 피피는 잠시 숨을 헐떡이다가 마지막 힘을 다해 비명을 질렀다. 지금도 그 비명이 무엇이었을까 생각한다. '살려줘'였을까? 나는 피피를 토닥이며 말했다. "금방 끝날 거야." 그리고 정말 끝이 왔다. 작은 몸에 격렬한 경련이 일어나더니 곧 멈췄다. 그 순간 나는 다른 사람이 되었다. 슬픔과 비애의 차이를 아는 사람, 비애를 안고 그럼에도 불구하고 살아가는 사람.

오랫동안 나는 이 상실의 경험을 무엇이라 이름지어야 할지 몰랐다. 이름 붙일 수 없기에 설명할 수도, 이해받을 수도 없다고 여겼다. 디디온의 '마법적 사고'가 나의 상실과 겹치는 순간, 나는 이것이 사랑하는 존재를 잃은 인간의 보편적 반응임을, 비정상적이거나 병리적인 상태가 아님을 이해했다. 우리는 불완전하고, 유한하다. 그 불완전함과 유한함을 인정한 뒤에야 우리는 비애에서 애도로 건너갈 수 있다. 디디온은 '비애는 수동적이고 애도는 주의를 요한다'라고 썼다. 나는 그 말을 이렇게 이해한다. 비애는 상실 이후 우리를 집어삼키는 '감정'이고, 애도는 상실과 더불어 살아가는 방법을 찾는 적극적 '행위'라고.

비애에 빠진 나는 알지 못했지만, 애도하는 나는 안다. 장례는 그 아이를 '처리'하는 일이 아니라 사랑의 마지막 의식이었다는 것. "빨리 가세요"라는 말에 대한 기계적 순응은 곧 나를 집어삼킬 비애로부

터의 방어기제였다는 것. 죽음은 예비하지 않은 순
간에 찾아와 순식간에 삶을 바꿔놓는다. 우리는 그
앞에서 완벽하게 행동할 수 없다. 산소방, 분홍색 수
의, 소각로, 믹서기 너머에는 우리가 함께한 13년의
시간이 있다. 상실한 뒤에야 비로소 소중해지는 시
간이.

내가 그 아이를 산 채로 불태웠어.
피피가 돌아오면 그 아이의 물건이 필요할 거야.

두 문장은 오랫동안 내 안에 박혀 있었다. 현실과
비현실, 존재와 부재, 비애와 애도 사이를 줄타기하
며. 이제 피피가 그리울 때면 다른 말을 떠올린다.
'In Paradisum.'■ 나는 그 아이가 없는 세상에서 그
럼에도 불구하고 살아가는 쪽에, 사랑하는 쪽에 머
물렀다. 피피와 사는 13년 동안, 그 아이가 무엇을

■ 'In Paradisum'은 '천국에서' 또는 '천국으로'라는 뜻의 라틴어다. 가톨
릭 장례미사의 마지막에 낭송하는 기도문의 일부로 전체 문장은 "천사가
그대를 천국으로 인도하리니In Paradisum deducant te angeli"이다. 본문의
말은 조앤 디디온의 『상실』에 나오는 동일한 구절에 대한 응답이자, 피피
에게 보내는 나의 인사다. 천국이 있다면 피피는 그곳에 있을 테니까.

말하고 싶어하는지 알아내려고 노력했다. 마지막 순간에도, 그 아이가 무엇을 말하고 싶어하는지 알아내려고 노력했다. 오랫동안 그 말이 '살려줘'라고 생각했다. 어쩌면 다른 말이었는지 모른다.

'나는 떠나야 해. 그럼에도 불구하고 너는 살아야 해.'

| 함께한 책

• 조앤 디디온, 『상실』, 홍한별 옮김, 책읽는수요일, 2023.

반려종 사유

: 아무에게도 선택받지 못한 개로부터

'어떻게 사랑할 것인가?'라는 물음은
'어떻게 지배할 것인가?'라는 물음과 닿아 있으며,
인간과 반려동물의 관계뿐 아니라
비대칭적인 힘의 모든 관계에서 질문되어야 한다.

호동이는 아무도 선택하지 않은 개였다. 집에 온 지 사흘째 되던 날, 호동이가 내 다리를 베고 낮잠에 들었을 때 나는 생각했다. 아무에게도 선택받은 적이 없는 이 개가 나를 선택했다고. 2016년 창원시에서 발견된 호동이는 안락사를 시행하는 보호소로 보내졌다. 공고기간이 지난 뒤에는 봉사자들의 노력으로 유예기간을 얻을 수 있었다. 봄에 입소한 호동이는 열악한 실내의 좁은 케이지에서 무더운 여름과 추운 겨울을 지냈다. 하지만 다시 봄이 되자 더는 그곳에 머무를 수 없었다. 입소한 지 1년이 넘은 호동이는 쉴 새 없이 밀려오는 다른 유기견에게 자신의 케이지를 내주어야 했다. 안락사 1순위가 된 것이었다.

호동이는 모든 사람을 좋아했지만 아무도 그를 원하지 않았다. 입양 신청은커녕 문의조차 없었다. 소위 믹스견이라 불리는, 더 낮잡아서는 잡종견이나 똥개라 불리는 혼종견이었고 털빛은 갈색과 검은색

이 뒤섞여 어두웠다. 옆자리에 있던 푸들과 몰티즈가 가족을 만날 때, 털이 새하얀 혼종견이 입양될 때 호동이는 언제나 그 자리에 남겨졌다. 그를 포함한 몇 마리의 혼종견이 안락사 명단에 오르자, 한 유기동물 구조단체가 그들 가운데 세 마리를 구하기로 했다. 호동이는 두 마리의 친구와 함께 케이지에 실려 서울로 이동했다.

내가 임시보호를 신청하자 단체에서는 호동이를 추천했다. 구조된 지 1년이 지났지만 여전히 입양 문의는 한 건도 없었다. 몸무게가 5킬로그램도 되지 않는 소형견이었지만, 유기견을 입양하러 온 사람들조차 "마당에서 키우는 개네요"라고 말한다고 했다. "검은색과 갈색이 섞인 멋진 호피무늬의 호동이에요"라고 입양 홍보 글을 올렸을 때는 "호피무늬면 데려오려고 했는데 그냥 똥개잖아"라는 댓글이 달렸다고도 했다. 임시보호를 시작한 지 1년 6개월이 지나도록 입양자는 나타나지 않았다. 온순하고 영리하며 사람과 개 모두에게 교감 능력이 뛰어났지만 그런 호동이의 진가를 아는 사람은 나뿐인 듯했다.

내가 호동이를 입양한 지 8년이 지났다. 함께 침대에서 뒹굴거리거나 리드줄을 잡은 채 보조를 맞춰

걷다보면 이만큼 자연스러운 일이 없는 것 같다. 그러나 문득, 내 발끝에 엉덩이를 붙이고 앉아 있는 존재가 온몸이 털로 뒤덮이고 네발로 걷고 꼬리가 달린 다른 종의 생명체로서, 수만 년 전 회색늑대에서 분화한 육식동물이라는 사실을 의식하면 이만큼 이상한 일이 또 없는 것 같다.

많은 반려인이 그렇듯 나도 호동이가 개라는 사실을 종종 잊은 채 이 비인간을 인격화한다. 이름을 가진 개체이자 가족공동체에 소속된 구성원으로서 정서적 상호작용을 나누다보면 (그들이 원하든 원하지 않든) 인간사회의 역할을 떠맡기게 된다. 이 유사 가족관계에서 반려동물의 역할은 대부분 인간 아이를 대체한다. 그러나 이런 인식을 비판 없이 수용해도 될까? 반려동물을 인간 아이로 의인화하는 심리적 편향은 비윤리적이고 부적절한 태도가 아닐까?

오늘날의 사회는 두 가지 인간중심주의가 병존하는 듯하다. 하나는 공장식 축산업에서 나타나듯 동물을 기계로 간주하는 데카르트적 시각이고, 다른 하나는 반려동물 문화에서 드러나는 극단적 의인화다. 생물학자이자 페미니즘 이론가인 도나 해러웨이는 길들인 갯과 동물을 "털북숭이 아이"[5]로 만드는 행위를 경계한다. "개들은 투사 대상도, 의도를 구현한 물체도, 다른 무언가의 텔로스■도 아니다."[6] 나는 호동이를 '털북숭이 아이'로 만들지 않기 위해 공존의 방식을 질문하지 않을 수 없다. 우리는 어떻게 함께 살아야 하는가, 혹은 살 수 있는가?

IIΛ

대부분의 버려진 개는 한때의 반려견이기에, 동물 유기에 대한 담론이 지속적으로 생산되는 지금, 나는 여전히 반려동물이라는 용어를 재사유할 필요를 느낀다. 그래서 호동이의 이야기로 시작한 이 글에서 '반려동물과 어떻게 살아야 하는가?'라는 질문을 공유하고, 애완동물pet을 반려동물companion animal로 전환하는 것이 단순한 용어 변경이 아니라 타자를 대하는 태도를 고려하는 행위임을 이야기하려 한다.

애완동물이라는 소유적이고 지배적인 언어가 반

■ '텔로스telos'는 '목적'이나 '정착점'을 의미하는 고대 그리스어로, 철학에서는 어떤 존재의 내재적 목적이나 본질적 완성을 뜻한다. 도나 해러웨이의 문맥에서는 개가 인간의 정서적 욕구를 충족시키는 '목적성의 존재'로 다뤄지는 상황을 비판적으로 가리킨다.

려동물이라는 대등하고 공생적인 언어로 바뀌었지만, 어떤 사람들은 여전히 이 용어에 불편함을 느낀다. 이 의구심의 바탕에는 '반려'라는 말이 듣기에만 그럴듯할 뿐 반려동물의 본질은 대용물, 대표적으로 인간 아이의 대체라는 인식이 있다. 또한 인간관계의 이상형인 무조건적이고 불변적인 사랑에 대한 대리만족이라는 시각도 있다.[■] 이 관점에서 보면 반려동물이란 인간과 인간의 '정상적 관계'를 대체하는, 인간과 비인간의 '비정상적 관계'일 뿐이다. 동물행동학자이자 심리학자인 할 헤르조그는 『우리가 먹고 사랑하고 혐오하는 동물들』에서 애완동물이라는 용어를 일관되게 고수한다. 그에 따르면 반려동물과 보호자라는 용어는 인간과 동거하는 동물이 소유 대상이 아닌 양 포장해주는 '언어적 환상'에 불과하다.[7]

비반려인일 때 나는 누군가가 자신을 개의 엄마나

■ 한편 도나 해러웨이는 이 두 믿음이 출발부터 실수일 뿐 아니라 개와 인간 모두에게 가학적이라는 점을 지적한다. 그는 현대 소비문화 속에서 살아가는 '애완동물 애호가'에게 '무조건적 사랑'에 대한 믿음은 치명적이며, 개들이 무조건적 사랑을 베풀어 인간의 영혼을 되살린다는 생각은 개 예찬론자의 자기애라는 신경증이라고 말한다. 도나 해러웨이, 『해러웨이 선언문』, 황희선 옮김, 책세상, 2019, 158~159쪽.

아빠(혹은 언니, 오빠, 누나, 형과 같은 친족관계)로 부르는 것을 이해하지 못했다. 사람과 개가 한 침대에서 자는 모습을 보면 기겁했고, 개를 떠나보낸 뒤 일상이 무너질 만큼 비애에 빠지는 일에도 공감하지 못했다. 이제 나는 호동이의 엄마를 자처할 뿐 아니라 그와 한 침대에서 잔다. 첫 반려견인 피피가 떠났을 때는 공황장애를 겪었다. 지금의 나는 인간과 반려동물의 사이를 고정된 관계라기보다 '소중한 타자와 어떻게 관계 맺을 것인가?'라는 윤리적 물음으로 본다. 그 답이 불완전하고 유동적일지라도 여전히 그 물음에 응답하려 한다. 반려동물이라는 용어는 단순한 '언어적 환상'이 아니다. 인간이 오랫동안 애완동물로 치부해왔던 대상과 새로운 관계를 모색하는 전환의 언어다.

지리학자인 이-푸 투안에 따르면 애정은 지배의 반대가 아니라 부드러운 지배, 즉 인간의 얼굴을 한 지배다. 이 욕망의 역사는 18세기 영국 상류층 여성이 흑인 소년을 '펫pet'으로 삼던 시기로 거슬러올라간다. 투안은 그 대상이 인간이든 비인간이든 지배와 애정의 결합이 펫이라고 말한다. 달리 말해 펫은 지배와 통제라는 근대적 욕망의 산물로서, 서구에서

자연이나 야생을 상징하는 동시에 열등함으로 간주
되었다. 인류학자 전의령은 『동물 너머』에서 투안의
논의를 인용하며 말한다. 오늘날 애완에서 반려로
상승한 일부 동물의 지위 역시 비인간에 대한 권력
이나 지배의 요소가 제거된 것이 아니라, 억압적 지
배에서 부드러운 지배로 이행했을 뿐이라고.[8]

임시보호를 시작한 초반, 나는 호동이를 '완벽한
반려견'이라고 말하고 다녔다. 실내 생활도, 배변훈
련도 처음인 것 같았지만 그는 놀라울 만큼 빠르게
적응해나갔다. 내가 한 번이라도 칭찬했던 행동은
반복했고, 조금이라도 꺼린다 싶은 행동은 하지 않
았다. 나는 동물단체의 온라인 커뮤니티에 호동이가
피피를 '배려'해준다는 글을 올린 적 있다. 처음에는
함께 놀고 싶어했지만 나이든 피피가 힘들어하는
기색을 보이자 먼저 다가가지 않았기 때문이다.

좋은 입양자를 찾아주고 싶은 마음이었지만 '말
잘 듣는 개' '배려하는 개', 결국에는 '키우기 쉬운
개'라고 추켜세우는 것이 "부드러운 지배"의 한 형
태가 아니라고 말할 수 있을까? 전의령의 말처럼 지
배와 애정, 통제와 사랑, 권력과 돌봄은 명확히 나뉘
는 것이 아니다. 얽히고설켜 구분할 수 없는 모순이

다. 소유와 지배의 욕망을 절제하고, 존엄한 생명체로서 대우하기. 이 명제는 중요하지만 그 사이에서 언제나 균형을 유지하기란 어렵다. 결국 그 모순을 끌어안은 채 반려동물과 살아가는 자신에 대해 되묻는 경험만이 관계를 사유하게 만든다. '어떻게 사랑할 것인가?'라는 물음은 '어떻게 지배할 것인가?'라는 물음과 닿아 있으며, 인간과 반려동물의 관계뿐 아니라 비대칭적인 힘의 모든 관계에서 질문되어야 한다.

애완동물에서 반려동물로의 전환에 불편함을 느끼는 이들도 있지만, 반려동물보다 확장된 개념을 요청하는 이들도 있다. 도나 해러웨이는 『해러웨이 선언문』 중 '반려종 선언'에서 반려동물을 넘어서는 '반려종companion species'[9]이라는 용어를 제안한다. 반려종은 반려동물보다 거대하고 이질적인 범주다. 인간의 애정을 받는 동물만을 뜻하지 않고, 인간의 삶을 구성하기도 하고, 인간의 삶을 통해 구성되기도 하는 모든 유기체적 존재자를 의미한다. 이 범주는

쌀, 꿀벌, 장내 세균총까지 포함하며 공구성과 유한
성, 불순성과 역사성, 그리고 복잡성을 전제한다.[10]

반려동물이 인간의 대용물이나 가족으로 기능한
다면, 반려종은 서로를 변화시키는 존재자들 사이의
관계적 생성의 장이다. 해러웨이에게 중요한 것은
인간중심적 세계관을 벗어난 '얽힘entanglement'의 존
재론적 의미이며, 인간과 비인간이 공동으로 존재를
구성해가는 '함께-되어감becoming-with'의 과정이다.[■]

나의 '얽힘'은 내가 마음쓰지 않았던 것을 마음쓰
게 한다. 산책을 하다가 개미를 밟지 않으려 걸음을
멈추고, 호동이가 한참 냄새 맡은 나뭇잎을 집으로
가져온다. 건물을 세우기 위해 오래된 아름드리나무
를 잘라낸 이들에게 하릴없이 원망을 품다가, 나 또
한 이 세상에서 더없이 유해한 존재로 살아가고 있
음을 깨닫는다. 무수한 생명체가 얽혀 있음을 돌연
히 체감하는 '함께-되기'의 순간, 어딘가에 있지만
아무 곳에도 보이지 않는 수많은 비인간을 떠올리며,
감응하지만 개입하지 못하는 스스로를 자각한다.

<hr>

■ 이 개념은 『해러웨이 선언문』에 직접적으로 등장하지는 않지만, 해러
웨이가 후속 저서들에서 일관되게 펼쳐온 사유를 바탕으로 재구성한 것
이다.

내 삶에 깊숙이 들어온 개들로 인해, 나는 사랑과 책임이 분리되지 않는 개념이라는 사실을 이해하게 되었다. 나에게 사랑-책임은 함께 살아가기 위해 내 삶의 방식을 바꿔나가는 변화이고, 사랑의 이름으로 지배를 정당화하지 않는 절제이다. 무엇보다 서로가 일방적 길들임과 길들여짐이 아니라 상호돌봄의 자리에 있음을 인식하는 태도이다. 이 관계 맺음 안에서 나는 온전히 이해하지 못할 그들의 사랑에 반응하고, 끝내 돌려주지 못할 사랑에 응답할 것이다.

해러웨이는 우리의 본바탕이 반려종임을 선언하며 "소중한(중요한) 타자성significant otherness을 확산시키는 데 보탬이 될 윤리와 정치를 배우는 것이 어떻게 가능한가?"[11]라고 질문한다. 그에게 "소중한 타자성"이란 조화롭지 않은 행위 주체와 어울려, (불가능에 가깝지만 절대적으로 필요한) 공동의 미래를 책임지기 위해, 삶의 방식을 '적당히 꿰맞추는' 작업이다.[12]

이 작업을 실현하려면, 다시 말해 '차이에도 불구하고 어떻게 함께할 수 있는가?'라는 질문에 답하려면 '창발된 실천'과 '존재의 호명'이 필요하다. '창발된 실천'이란 타자와의 얽힘이 예기치 않게 만들어내는 윤리적 상황에 반응하며, 자기 자신을 갱신하는 반복적 행위이다. '존재의 호명'은 인간과 비인간이 서로를 관계 안으로 불러들임으로써 함께 살아가는 방식이다. "오늘날의 동물들은 이데올로기가 충만한 서사를 통해 우리를 호명해 들임으로써 그들 및 우리가 살아가야만 하는 체제를 설명한다. 우리는 그들을 자연과 문화라는 우리의 구성물 속으로 호명해 들인다. (……) 이야기는 이데올로기보다 허용 폭이 넓다. 우리의 희망은 여기에 있다."[13]

이 사실이 나에게 일깨우는 것은 호동이처럼 나에게 소중해진 타자가 개별적 존재라는 점이다. 반면 개별성이 지워진 동물—번식장과 축산농장과 도살장과 동물원과 수족관과 낚시터에 있는 저 모든 동물, 자크 데리다 식으로 말하면 '단수 형태의 동물the animal'—은 내가 그들을 호명하지 않는 데에서 개별적 존재와 결정적 차이를 띤다. 그들은 나에게 개, 돼지, 닭, 소, 말, 물고기였고 더 넓게는 포유류, 조류, 어류였으며 극단적으로는 인간/동물이었다.

나의 타자 인식은 개별적 존재를 하나의 명칭으로 뭉뚱그림으로써 고유성을 삭제하는 폭력적 방식이었다. 그러나 내가 사랑하고 나를 사랑하는 개는 얼굴도 이름도 없이 '그들'로 호명되던 인간과 비인간을 호출한다. 지금 이 순간에도 호동이는 나에게, 보이는 동물(지금 내 발치에 엎드려 있는 너)과 보이지 않는 동물(끔찍한 삶과 죽음을 받아들여야 하는 모든 비인간을 통칭하는 단수 형태의 동물)을 나란히 겹쳐놓게 만든다. 그리하여 동물을 사랑한다고 말하는 일의 불가능성을 깨우쳐준다.

반려인 동시에 타자인 나의 개는 양가성으로 인해 수많은 질문을 불러온다. 내가 너를 사랑한다면 나는 너의 무엇을 사랑하는가? 나와 평온한 일상을 영위하는 너의 인간적 자질인가, 나에게서 사라졌거나 사라졌다고 믿는 너의 야생적 본성인가? 내가 너와 소통한다면 나는 무엇을 소통이라 믿는가? 너의 행동에 대한 인간중심적 해석인가, 비언어적 교감의 순간인가? 너와 내가 닮았다면 그 유사성은 인간성인가, 짐승성인가? 언제나 수긍하고 마는 것은 내가 타자에 관해 알지 못한다는 것, 알지 못하기에 알려는 노력을 포기하지 말아야 한다는 것이다.

때로는 또다른 질문이 떠오른다. 내가 너를 선택한 것인가, 네가 나를 선택한 것인가? 아무에게도 선택받지 못한 이 개가 나를 선택했다고 느낀 순간 그 감각의 실체는 무엇이었을까? 인간과 비인간의 관계에서 선택하는 쪽은 인간이고 선택받는 쪽은 비인간이라는 사실을 부정할 수는 없다. 그러나 동물을 인간의 의도와 감정에 반응하는, 무력하고 순응적인 객체로만 보는 시선에 나는 동의하지 않는다. 호동이는 사유나 담론의 대상으로 존재하는 것은 아니지만, 예측할 수 없는 방식으로 나의 사고방식과 삶의 형태에 개입한다. 그리하여 나를 새로운 세계로 데려간다. 호동이의 입양 공고에는 이런 문장이 적혀 있었다. "사람들이 선호하는 작고 하얗고 예쁜 개는 아니지만……" 아무에게도 선택받지 못한 이 개에게 선택받은 일은 내 인생에서 가장 멋진 사건 가운데 하나다.

| 함께한 책

- 도나 해러웨이, 『해러웨이 선언문』, 황희선 옮김, 책세상, 2019.
- 할 헤르조그, 『우리가 먹고 사랑하고 혐오하는 동물들』, 김선영 옮김, 살림, 2011.
- 전의령, 『동물 너머』, 돌베개, 2022.

고통을 쓴다는 것[*]

: '말하지 않음'이라는 방식

어떤 장면은 기록하지 않음으로써 증언해야 하고,
어떤 진실은 행간에 숨겨둠으로써 드러내야 한다고
나는 믿었다.

■ 이 글의 일부 내용은 『한겨레21』(2019. 8. 16, 1276호)에 발표한 「전달자가 된다는 것은 무엇인가—타자의 고통을 쓰는 일에 관하여」에서 다듬어 옮겼다.

내전중이던 보스니아의 수도 사라예보에서 공포가 일상이던 시간을 보낸 수전 손택은 '이런 경험을 사진으로만 접한 사람에게 전쟁은 어떤 의미인가?'라는 물음으로 『타인의 고통』을 집필하기 시작한다. 그가 한국어판 서문에서 밝힌바, 이 책은 "사진 이미지를 다룬 책이라기보다는 전쟁을 다룬 책"[14]이다. 내가 면지에 메모한 날짜에 따르면 『타인의 고통』을 처음 읽은 것은 2015년 11월이다. 다른 날짜는 적혀 있지 않지만 나의 첫 논픽션인 『아무도 미워하지 않는 개의 죽음』(이하 『개의 죽음』)을 쓰던 2016년과 2017년에 이 책을 재독했다. 그때 나는 손택이 말하는 '전쟁'을 인간과 동물 사이의 전쟁, 비인간이 속수무책으로 점령당하는 전쟁으로 의식적 오독을 했고, '사진'이나 '사람' 같은 명사를 '동물'로 바꿔 읽었다.

예를 들어 25쪽에 "울프가 보기에 이 사진(동물)들을 보고 고통스러워하지 않는다거나, 몸서리치지 않는다거나, 이런 참사나 대량학살을 가져온 전쟁을 없애려 애쓰지 않는 것이야말로 도덕적 괴물의 반응이다"라는 문장, 33쪽에 "(……) 이런 사잔(동물)들이 자아낸 연민과 메스꺼움으로 마음이 심란해진 나머지, 그 밖에 다른 어떤 사잔(동물)들이 당신에게 보여지지 **않는지,** 그러니까 당신이 그 밖에 어떤 잔악 행위들과 어떤 주검들을 보지 못하고 있는지 물어보는 것을 회피해서는 안 된다"라는 문장, 그리고 98쪽에 "전쟁을 가장 솔직하게 재현해놓은 것, 어떤 재앙으로 부상을 입은 신체를 가장 솔직하게 재현해놓은 것은 우리에게 지극히 낯선 존재들, 그래서 우리에게 잘 알려져 있지 않을 것 같은 사잔(동물)들의 모습이다"라는 문장이 그러했다. 이는 작가의 의도에 반하는 독해일 것이다. 그러나 다른 나라(이 경우에는 아시아와 아프리카)에서 고통받는 피사체가 미국인에게 그렇듯, 비인간 동물 또한 우리로부터 멀리 떨어져 있고 철저히 대상화되어 있다는 점에서 나는 이것을 성립 가능한 독해라고 여겼다.

중단편소설을 몇 편 쓰긴 했지만 그때까지 나는 원고지 500매 이상의 글을 써본 적이 없었고, 르포를 쓰기는커녕 제대로 읽어본 적도 없었다. 일반인 대상의 문학수업에서 허구를 구축하는 방식을 배운 적은 있지만, 현실의 파편을 그러모아 세계의 윤곽을 그려내거나 이미 존재하는 현실을 언어화하는 법은 배운 적이 없었다. 그럼에도 불구하고 버려진 개에 관한 르포를 쓰기로 마음먹은 것은 순전히 나의 두 반려견, 피피와 미코 때문이었다.

피피는 지인이 그의 남자친구에게 생일선물로 받은 치와와였는데, 두 사람이 헤어진 뒤 유기견이나 다름없는 신세로 나에게 '떠맡겨졌다'. 산골마을의 빈집에서 혼자 지내던 미코는 내가 임시보호하게 된 어린 혼종견으로, 집에 온 지 두 달 만에 돌연히 세상을 떠났다. 나에게 피피의 삶은 비인간에 대한 의무와 책임을 고민하게 만들었고, 미코의 죽음은 개별적 생명체로 대우받지 못한 채 인간사회에 억류된 수많은 비인간의 죽음을 환기하게 만들었다. 피피와 미코에 대해 쓴 글에서 각각 한 대목씩 옮긴다.

피피와 함께 사는 동안 내가 아닌 존재, 나보다 약한 타자에 대해 생각해야 했다. 무엇보다 '나 자신'에 대해 다시 생각해야 했다. 자신과 타자에 대해 생각하는 것은 강자와 약자, 권력과 착취, 차별과 평등, 폭력과 희생처럼 버성긴 단어를 나란히 놓고 해석을 시도하는 일이다. 고정되지 않은 관계망 속에서 언제나 전자의 자리에 설 수 있는 스스로를 비판적으로 바라보는 일이다.[15]

나의 삶은 그들의 죽음에 빚지고 있다. 미코의 죽음은 나의 내면에 깊은 파장을 일으켰지만 그들의 죽음에 나는 미안해한 적조차 없었다, 단지 그들의 이름을 불러본 적 없다는 이유로. (……) 미코의 얼굴, 감촉, 목소리가 잊힌 뒤에도 내가 끝내 기억해야 할 것은 나를 만나기 전의 미코와 같은 존재들, 이름으로 불려본 적 없는 동물들이다. 동물을 망각하는 것은 내 삶을 구성하는 타자의 희생을 지워버리는 일이다.[16]

책의 시작점은 매일 얼굴을 마주하는 개, 눈동자를 바라볼 때마다 내가 인간이라는 사실을 상기시키는 타자, 피피와 미코로 불리는 개별적 존재였다. 그러나 사랑이라는 명확한 동기가 있다 해도 이 책을 쓰는 일은 몹시 두려웠다. 구상 단계부터 『개의 죽음』은 번식장, 보호소, 개농장, 개시장, 도살장처럼 버려진 개들이 흘러들어가는 장소에 대한 서사였다. 장소에 대한 서사이기 이전에 인간다움에 대한 서사였다. 그리고 인간다움에 대한 서사이기 이전에 고통에 대한 서사였다.

『타인의 고통』은 작가의 말처럼 "전쟁을 다룬 책"이지만 『개의 죽음』을 쓰고 있던 나에게는 인간과 비인간을 아우르는 광범위한 고통의 기록으로 읽혔다. 고통에 대한 그의 통찰은 나의 작업과 관련해 여러 질문을 불러일으켰다. 그 가운데에는 사진에 관한 이야기이지만 글쓰기에 관한 이야기로 읽히는 질문도 있었다. 예를 들어 "고통을 받아들인다는 것과 별개로, 고통을 증명한다는 것에 도대체 무슨 의미가 있을까?"[17] 같은 물음은 내가 이 책을 쓰기 이전에 '고통의 도상학'을 먼저 이해해야 한다는 의미로 느껴졌다.

"실제의 공포를 근접 촬영한 이미지를 쳐다볼 때는 충격과 더불어 수치감이 존재한다."[18] 그렇다면 고통에 근접하여 묘사한 글을 읽는 것도 독자로 하여금 동일한 반응을 일으킬까? 아니면 사진의 강렬함이 충격과 수치로 말미암아 뇌의 어떤 기능을 일시적으로 중지시키는 것과 달리, 강렬함이 직접적으로 드러나지 않은 글은 충격과 수치심에서 한발 나아가 사유를 촉발하고 행동을 유도할까? 『개의 죽음』을 쓰던 당시 나는 도덕적 판단을 포함하는 이런 질문에 붙들려 있었다.

|||

취재에 들어가자마자 나는 '압도되었다'. 숨막히는 7월의 폭염 속, 작열하는 햇볕 아래 물그릇도 없이 묶여 있는 개가 있었다. 구더기가 들끓는 배설물 옆에서, 벌레가 득시글대는 음식물쓰레기를 먹는 개가 있었다. 죽은 개와 한 철창 안에 갇힌 살아 있는 개가 있었고, 사람이 다가오는 것만으로 똥오줌을 지리는 개가 있었다. 하루 뒤에 죽을 개, 반나절 뒤에 죽을 개, 몇 시간 뒤에 죽을 개가 있었다. 척추가 부러져서 몸을 일으키지 못하는 개, 그 몸으로도 나를 보자 철창 안쪽으로 기어가는 개, 문 앞에 있으면 도

살의 표적이 된다는 사실을 아는 개가 있었다.

"한 번 충격을 줬다가 이내 분노를 일으키게 만드는 종류의 이미지가 넘쳐날수록, 우리는 반응 능력을 잃어가게 된다"[19]라는 손택의 말은 나의 경우에 이렇게 변형되었다. "더 많은 장소에 갈수록, 더 많은 고통을 볼수록 나는 반응 능력을 잃어가게 되었다." 한 마리의 학대받는 동물을 봤을 때는 구하고 싶었지만 백 마리의 학대받는 동물을 봤을 때는 눈을 돌리고 싶었다. 취재 초기에 나를 압도한 감정은 고통이 아니었다. 고통 앞에서 아무것도 할 수 없다는 무력감이었다.

손택은 잔혹한 행위를 담은 사진과 영상이 텔레비전과 컴퓨터라는 매개체를 거치면서 진부한 것, 멀리 떨어진 것, 관음증적인 것이 된다고 지적했다. 그럼에도 불구하고 나는 무력감에 압도된 채 동물권 활동가들이 그토록 열심히 학대와 도살에 관한 이미지를 촬영하고 공개하는 이유를 이해했다. 이미지는 '이런 일이 벌어졌다'라는 강력한 증언이었다. 동시에 '(우리가 소비 패턴과 생활양식을 바꾸지 않는다면) 이런 일이 계속 벌어질 것이다'라는 엄중한 경고였다.

그러나 내가 『개의 죽음』에 썼다시피 우리는 동물

의 고통 앞에서 연민과 공감 능력의 정도에 따라 두 부류 가운데 하나가 될 뿐인지 모른다. 불쾌감 정도를 내비친 뒤 방관하는 사람이 되거나, 차마 눈뜨고 볼 수 없어서 고개를 돌리는 사람이 되거나. 동물의 고통을 담은 이미지를 '보여주는' 일은 진정으로 그 고통을 '보게' 하는 것일까? 이미지를 제시하는 행위는 '보았다'는 착각을 유도해 수용자가 스스로에게 면죄부를 부여하게 만드는 또다른 방식인지 모른다.

사실성은 도덕적 판단을 수반하는 질문이다. 이를테면 '어디까지 묘사할 것인가?'라는 질문. 동물단체가 동물의 고통에 관한 이미지를 퍼뜨리는 이유를 이해한다 해서, 내가 모든 이미지에 동의한다는 의미는 아니었다. 유난히 폭력적이고 자극적인 사진과 영상을 올리는 한 단체에 대해 나는 비판적 의문을 품지 않을 수 없었다. 개농장의 뜬장 안에서 다른 개에게 목덜미를 물린 개의 상처 부위를 클로즈업하는 것은, 벌어진 살갗 사이로 드러난 시뻘건 속살과 꿈틀거리는 구더기까지 고화질로 보여주는 행위는 무엇을 의도하는가?

마찬가지로 글쓴이가 타자의 고통을 세밀하게 묘사할 때 그가 겨냥하는 것은 무엇인가? 성폭력이 피해자의 육체뿐 아니라 정신마저 훼손시킨다는 것을 말하려고, 피해자가 당한 일을 처음부터 끝까지 구체적으로 묘사하는 것은 불필요할 뿐 아니라 비윤리적이다. 그런 서술은 대중의 알 권리를 충족한다는 명목 아래 관음의 욕망을 부추길 따름이다. 고통을 자극적 이미지로 환원하고 사유보다 즉각적 반응만을 이끌어낸다. 고통을 충격적으로 전시하는 글쓰기는 구조적 맥락과 윤리적 질문을 소거함으로써 현실을 콘텐츠로만 소비하는 결과를 낳는다.

어떤 이들은 리얼리티를 담보하려면 대상을 세세하게 묘사하는 것이 불가피하다고, 오직 그런 방식을 통해서만 진실에 가까워질 수 있다고 믿는 듯하다. 그러나 우리에게는 타자의 고통을 밑바닥까지 헤집어 낱낱이 까발릴 권리가 없다. 그런 권리가 있다고 믿는 순간, 작가는 자신이 쓰고 있는 대상을 한낱 소재로 도구화하고 모욕적으로 비인간화—나의 책의 경우 비생명화—할지 모른다.

내가 목격한 장면을 더 구체적으로, 더 사실적으로 쓰고 싶다는 욕망은 자주 나를 '재현의 함정'에 빠뜨렸다. 그때마다 기억해야 했던 것은 나의 글이 인간/생명에 관한 이야기라는 사실, 리얼리티보다 중요한 것은 인간/생명에 대한 예의라는 사실이었다. 취재 과정에서 본 장면의 상당 부분을, 그래서 나는 쓰지 않았다. 누구를 위한 일인지 확신할 수 없었고, 쓰는 것이 쓰지 않는 것보다 나은 선택인지도 가늠할 수 없었다. 어떤 장면은 기록하지 않음으로써 증언해야 하고 어떤 진실은 행간에 숨겨둠으로써 드러내야 한다고 나는 믿었다. 때때로 고통을 말하는 가장 나은 방식은 '말하지 않음'인지 모른다.

IIΛ

사실성은 도덕적 판단이나 묘사의 구체성을 넘어섰다. '누구의 이야기를, 어떤 관점에서, 어떻게 구성할 것인가?' 이 질문은 자료 수집부터 취재, 인터뷰, 집필까지 매 과정에 관여했다. 한 산업 안에는 다양한 사람들이 이해관계로 얽혀 있기에 이들이 이룬 집단은 복잡한 구조를 띤다. 나는 주장하거나 호소하는 대신 구조를 보여줌으로써 판단의 근거를 제공하고 싶었다.

버려진 개들이 흘러가는 장소에는 '개식용 반대'나 '강아지 공장 철폐' '모든 개는 반려동물입니다'

라는 구호 이전에 존재했던 이야기가 있다. 그 이야기의 화자는 동물권활동가가 아니라 번식업자나 개농장 주인이다. 활동가가 아는 것이 동물권의 개념이나 윤리적 정당성이라면, 업자가 아는 것은 돈벌이나 일상이다. 많은 경우 서사란 전자가 아니라 후자에 복무한다. 추상적이고 관념적인 가치가 아니라 구체적이고 실존적인 생활에. 내가 발견해야 했던 장소는 활동가의 구호가 울려퍼지는 곳이 아니라 그 구호가 닿고자 하는 곳이었다.

'사실적 이야기'를 추구할 때 생기는 또다른 문제는 내가 목도한 장면이 일부에 지나지 않는다는 한계에 있었다. 2차세계대전 직후 한나 아렌트가 지적했듯 집단수용소를 촬영한 사진이 보여주는 것은 연합군이 침투했던 바로 그 순간뿐이다. 그 사진들은 해방과 그 직후의 순간을 보여줄 뿐 수년에 걸쳐 누적된 억압과 고통의 맥락을 담아내지는 못한다. 마찬가지로 개농장이든 번식장이든 도살장이든, 어떤 장소에 들어섰을 때 내가 보는 것도 그 순간뿐이다. (활동가들 또한 그렇다.) 쓰고자 하는 것이 '파편의 나열'이 아니라 '이야기'일 때 일부가 아닌 전체를 보여주려는 욕망은 불가능하지만 불가피하다.

특히 인터뷰는 '이야기의 발견'으로서 대립하는 양쪽의 입장을 보여주는 일이거나, 그 이상이다. 또한 그 장소가 일상적 공간인 사람의 입을 빌려 전체를 조망할 수 있다는 점과, 이야기를 들려주는 사람의 고유한 존재성이 드러난다는 점에서 '인간형의 발견'이다. 문학평론가 신형철의 말처럼 생의 어느 고비에서 모든 것을 잃고 자발적으로 몰락하는 인간,[20] 알베르 카뮈의 말처럼 '농non'이라고 말하는 동시에 '위oui'라고 말하는 '반항하는 노예'[21]는 하나의 문학적 인간형이다.

'행강대부'라 불리는 60대 활동가는 문학적 인간형의 두 조건을 갖춘 인물이었다. 그는 소위 '개장수'들의 도박판을 따라다니며 판돈을 대주던 사채업자였다. 사채업에서 손을 뗀 뒤에는 일흔일곱 마리의 모견과 종견을 악명 높은 삼양 케이지▪에 가둬놓고 새끼를 빼던 번식업자였다. 하지만 젖먹이 새끼를

▪ 번식장에서 흔히 사용하는 '삼양 케이지'는 번식업자가 배설물을 쉽게 치울 수 있도록 고안된 제품이다. 바닥 철망의 간격이 넓어 배설물이 아래로 떨어지지만, 개들은 철망 사이로 발이 빠지거나 발가락 사이에 쇠줄이 끼인 채로 서 있어야 한다. 행강대부는 삼양 케이지를 "개들이 서 있는 것 자체가 고통" "거기에 가둬놓고 못 나오게 하는 게 학대"라고 말했다.

어미로부터 떼어내는 모질음과, 새끼를 빼앗아서 경매장으로 데려갈 때 어미가 보이는 비탄은 끝내 견디지 못했다. "어미가 느끼는 절망감과 상실감, 그게 나도 보여, 눈에 확연히 보여. 못 하겠더라고, 도저히 못 하겠더라고."22

그가 생각하는 인간다움은 타자의 얼굴 앞에서 눈을 돌리지 않는 일이었다. '눈에 확연히 보이는 것'을 견딜 수 없었던 그는 "그 직업을 버리고 동물보호 판에, 개판에 뛰어들"23었다. 그가 번식업자에서 동물권활동가로 변모하는 과정은 내가 창작할 수 없는 삶이었다. 그 삶은 하나를 지키기 위해 모든 것을 잃기로 감히 선택한 이의 서사, 가치 있는 무엇이 존재한다는 사실을 증명하려는 반항자의 이야기였다.

또다른 인터뷰이 가운데 내가 '김 씨'라는 가명으로 지칭한 개 식육업자는 '자본주의 체제에서 인간성이란 무엇인가?'라는 질문을 떠올리게 하는 인물이었다. 그는 우리 일행을 예비 육견업자로 알고 있었고, 개농장을 넘기기 위해 자신이 운영 과정에서 저지르고 있는 위법행위들—사료관리법, 가축분뇨법, 동물보호법, 축산물위생관리법, 식품위생법—을 거리낌없이 털어놓았다. 긴 이야기가 끝나갈 무렵 그와 우리는 다음과 같은 대화를 나누었다.

"나도 옛날에, 젊을 땐 더 많이 잡았제. (……) 돈을 완전히 쓸어 담아부렀제. 지금은 그렇게까지 할 필요 없응께 쉬엄쉬엄하고 있어."
"지금은 쉬엄쉬엄하면서 2, 3억씩 번단 말씀이에요?"
윤이 물었다.
"그렇당께."
"1년에 2, 3억을 버신다고요?"
"2, 3억도 못 벌면 어찌 사는가?"
그의 반문에 두 사람은 대답을 못했다. 동물 단체 활동가인 윤과 한은 그만한 돈을 벌어본 적이 없었다. 둘은 노인의 허름한 입성을 새삼스럽게 바라보았다.
"이건 최하 직업이여. 완전 핫바리 직업이란 말이여. 근디 돈도 못 만지면 쓰겄는가?"[24]

나는 그의 마지막 말에서 자본이 잠식한 인간의 내면을 본 듯했다. 법률도, 명예도, 윤리적 지향도 돈 앞에서는 무용지물인 자본주의적 인간형의 폐허.

가치관과 삶의 방식이 전혀 다른 인물들을 만나면서 글쓰기는 더욱 복잡한 문제가 되었다. 상충하는 이야기를 어떻게 담아낼 것인가? 나는 누구의 편에 서 있는가? 누구의 편도 아니라면 나의 위치는 어디인가? 이어진 질문은 다음의 질문에 다다랐다. 이것은 누구의 이야기인가? 이야기의 주체에 대한 물음은 나를 누구와 동일시하느냐는 물음이었다. 리베카 솔닛은 동일시란 나를 확장하는 연대이며, 내가 누구와 혹은 무엇과 동일시하느냐가 정체성을 형성한다고 말했다.[25] 반면 예술사회학자 이라영은 타인과 연대하고자 한다면 슬픔과 고통의 주체를 함부로 나와 동일시해서는 안 된다고 말했다.[26]

솔닛의 말처럼 나와 동일시하는 대상은 내가 누구인지 말해줄 것이다. 또한 이라영의 말처럼 고통의 주체를 나로 착각할 때, 타자의 고통을 이야기할 명분과 진실을 말하겠다는 글의 목적은 당위를 잃을 것이다. 상반되는 듯 보이는 두 문장 사이를 오가며 나의 자리를 작가나 창작자가 아니라, 목격자이자 전달자의 위치에 놓았다. 자의식으로 충만한 글쓰기

행위 안에서 목격자이자 전달자가 되는 것은 '이것은 나의 이야기다. 이것은 나의 고통이다'라고 중얼거리며 이야기 속으로 들어가는 일, 동시에 '이것은 나의 이야기가 아니다. 이것은 나의 고통이 아니다'라고 되뇌며 이야기 밖으로 물러나는 일이었다.

나에게는 들어감보다 물러남이 중요했다. 누군가는 글쓴이의 감응으로 독자를 더 깊이 연루시키는 글을 쓸 수 있을지 모른다. 그러나 나는 타자의 고통을 이해한다는 확신도 없었고, 그들의 고통과 나의 자의식 사이에서 언제나 균형을 잡을 자신도 없었기에 자주 물러나야 했다. 아직 이야기가 문장이 되지 않았을 때, 그래서 내가 보고 들은 것이 머릿속에 어지럽게 뒤엉켜 있을 때, 한 대목쯤에서는 개 산업의 카르텔을 쫓는 나의 모습을 쓰고 싶었다. 불과 몇 시간 뒤 죽을 동물의 눈빛을 마주하는 괴로움에 대하여, 고문당하고 학대당하는 동물을 지켜보는 무력감에 대하여, 악몽에 시달리다 소스라치며 깨어나는 밤에 대하여 쓰고 싶었다. 그때마다 나는 저 문장을 붙들고 나아갔다.

'이것은 나의 이야기지만 나의 이야기가 아니다. 이것은 나의 고통이지만 나의 고통이 아니다.'

손택의 또다른 문장에서 사람을 동물로 바꿔 읽는다. "어떤 곳을 지옥이라고 말한다고 해서 사람들(동물들)을 그 지옥에서 어떻게 빼내올 수 있는지, 그 지옥의 불길을 어떻게 사그라지게 만들 수 있는지까지 대답되는 것은 당연히 아니다."[27] 동물에게는 거대한 지옥이나 다름없는 세계에서, 내가 쓴 책이 '우리의'■ 제도와 관습을 바꾸는 데 기여하리라고 기대할 수 없다. 세계는 거대하고 복잡한 이익집단들의 집합체이고 고작 한 권의 책으로 이 집합체에 균열을 내는 일은 불가능에 가깝다. 내 나름의 방식으로 지옥을 기록했다고 말할 수는 있겠지만 나조차도 그 지옥을 온전히 이해하지 못한다. 이해하지 못한 채 기록하기. 이것이 내가 고통에 응답하는 방식이었다고 생각한다.

■ 손택은 타인의 고통을 보는 것이 당면한 문제라면 '우리'라는 말을 당연시해서는 안 된다고 강조한다. '우리'는 많은 경우 비인간 동물을 포함하지 않는 공동체를 의미한다. '우리'는 비인간 동물의 고통으로부터 멀리 떨어져 있고, '우리' 가운데 다수는 비인간 동물의 고통에 값싸게 빚지는 지금의 소비 패턴과 생활양식을 바꾸고 싶어하지 않는다.

　손택은 독일출판협회 평화상 수상소감에서 문학은 대화이자 응답이라고 말했다. 살아가고 있는 것과 죽어가는 것을 향해 인간이 보여준 반응의 역사가 곧 문학이라고.[28] 『개의 죽음』의 마지막 문장은 이렇다. "이 이야기는 자격 없는 자의 응답이다."[29] 나는 이 책을 '우리는 무엇을 하고 있는가?' '우리는 무엇을 해야 하는가?'라는 질문에 응답하려고 썼다. 그것은 미코를 처음 만난 순간과 비슷했다. 산골마을 유기견, 누군가의 도움이 필요한 어린 바둑이를 만났을 때 그 자리에 있던 나는 어떤 식으로든 미코의 눈빛에 응답해야 했다. 미코를 구하는 것은 내가 해야 했고 할 수밖에 없었던 응답이었다. 이 책을 쓰는 일도 마찬가지였다. 나는 쓰지 않을 수 없었다.

| 함께한 책

- 수전 손택, 『타인의 고통』, 이재원 옮김, 이후, 2004.
- 하재영, 『아무도 미워하지 않는 개의 죽음』, 잠비, 2023.
- 신형철, 『몰락의 에티카』, 문학동네, 2008.
- 알베르 카뮈, 『반항하는 인간』, 김화영 옮김, 책세상, 2025.
- 리베카 솔닛, 『멀고도 가까운』, 김현우 옮김, 반비, 2016.

노동하는 동물

: 어디에나 있고 아무데도 없는

사물화된 동물만큼 철저히 지워진 존재는 없다.
동물은 우리가 항상 목도하지만 끈질기게 망각하는
바로 그 타자다.

길리트라왕안은 인도네시아 발리의 동쪽에 자리한 섬이다. 길리는 '작은 섬'이라는 의미로 롬복 북서쪽에는 길리아이르, 길리메노, 길리트라왕안(이하 트라왕안)을 아우르는 길리군도가 있다. 트라왕안은 둘레가 6.8킬로미터에 불과하지만 세 개의 섬 가운데 가장 크다. 배낭여행자, 스쿠버다이버, 휴양객 들은 '때묻지 않은 발리'라 불리는 이 섬에 가려고 스피드보트를 타고 롬복해협을 건넌다.

코로나 팬데믹이 끝나갈 무렵, 나는 트라왕안의 여행 정보를 검색하고 있었다. 다양한 스노클링 포인트, 스쿠버다이버의 성지, 주홍빛 석양과 에메랄드빛 바다 같은 홍보문구 사이로 이 지역의 환경보호 정책이 눈에 띄었다. "섬의 조례에 따라 동력기관으로 움직이는 자동차나 오토바이의 운행은 금지한다."

교통수단은 마차와 자전거였고, 특히 상업적 교통수단은 마차가 유일했다. 여행 블로거들은 슈트케이스를 끌고 비포장도로를 걷기보다 선착장에서 마차를 타라고 추천했다. 말이 짐과 사람을 실은 수레를 끌고 가는 사진을 보면서, 나와 반려자는 마차를 타는 것이 동물 착취가 아닌가 고민했다. 우리는 선착장에서 걸어갈 수 있는 숙소를 예약했다.

트라왕안에 도착한 첫날, 평생 본 것보다 훨씬 많은 말을 보았다. 말은 짐과 사람을 나르느라 쉴 틈이 없었다. 이른아침에도, 뜨거운 오후에도, 네온등이 휘황한 한밤에도 말은 멈추지 않았다. 산책을 하다가, 자전거를 타다가, 해변에서 책을 읽다가 말과 마주쳤다. 그토록 가까이에서, 그토록 많은 말을 본 것은 처음이었다. 한국의 도로에 자동차가 있듯 트라왕안의 거리에는 말이 있었지만 나는 자동차를 볼 때처럼 무심할 수 없었다.

산업화 이전을 배경으로 하는 영화나 드라마를 보는 일은 괴로웠다. 영문도 모른 채 끌려 나온 말, 실제와 가상을 구분하지 못하는 말, 겁에 질려 울부짖는 말, 굉음에 놀라 앞발을 쳐드는 말. 트라왕안의 말이 내 앞을 지나가면, 나는 인간의 창작물에 동원된 말을 볼 때처럼 시선을 돌리곤 했다.

그러나 어느 산책길에서 혼자 해변에 서 있는 갈

색 말을 만났을 때는 눈길을 피할 수 없었다. 말은 해변을 바라보다가 천천히 고개를 돌려 커다란 눈동자로 나를 바라보았다. 길고 부드러운 갈기가 빛을 받아 반짝였다. 검고 아름다운 눈은 깊이를 알 수 없었다. 그와 눈이 마주친 순간, 나는 사로잡혔다. 난생처음 말을 '응시'하면서 '경이'를 느꼈다.

응시는 바라봄과 다르다. 정신과 시선을 하나의 대상에게 집중하는 일, 내 앞의 대상에 대해 탐구하려는 태도, 감성과 이성을 동원해 의미를 알려는 시도다. 비인간을 응시하며 경이를 느끼는 것이 나만의 특별한 경험은 아닐 테다. 물보라를 일으키며 수면 위로 뛰어오르는 돌고래, 날개를 펼치고 유유히 활강하는 독수리, 초원에 앉아 바람을 맞는 여우를 볼 때 우리가 느끼는 감정을 경이라고 불러도 좋을 것이다.

경이는 신비화와 다르다. 모르는 대상을 모르는 채로 남겨두는 것이 신비화라면 경이는 지적 충동과 관련된 언어다. 아리스토텔레스는 어떤 대상에 깊은 첫인상을 받아, 그 인상 이후에 벌어지는 일을 파악하고 싶어하는 마음이 경이라고 했다. 경이는 경외와 다르다. 철학자 마사 C. 누스바움은 두 감정

모두 인상적이고 신비로운 것에 반응하는 강렬한 정서지만, 경이는 경외보다 능동적이고 호기심을 가진 태도라고 설명했다.[30] 응시-경이의 순간 나는 이 크고 아름다운 동물이 궁금해졌다.

예전에는 인간이 동물에게 부과한 의무였지만 이제는 실질성이 사라진 일이 있다. 말은 전쟁에 동원되어 군인과 군수물자를 나르다가, 기력이 다하거나 부상을 입으면 강이나 바다에 산 채로 내던져졌다. 말은 교통·운송 수단이기도 했다. 산업혁명기가 도래하기 전이었고, 증기기관차와 자동차도 출현하지 않은 시대였다. 탱크, 기차, 자동차가 등장하자 말은 군사·교통·운송의 역할을 맡을 필요가 없어졌다.

생명철학을 연구하는 진 커제즈에 따르면, 인간의 도덕적 감수성은 이 같은 변화에 별다른 영향을 미치지 못했다. 그는 동물에 대한 열악하고 잔인한 처우를 지적할 수 있게 된 계기는 도덕적 각성이 아니라 신기술 덕분이었다며, 윤리적 성찰은 그보다 훨씬 늦게 등장했다고 말한다.[31]

트라왕안의 정책은 환경보호를 명목으로 한다. 그러나 기술발전이 지구 생태계의 파괴를 가속화하는 현시점에도, 환경위험을 축소하고 지속 가능한 발전을 도모하려는 국가적 노력은 최상이자 최신의 과학지식에 기반을 둔다. 전기자동차와 수소연료전지차가 일상이 된 지금, 말의 노동력에 의지하여 환경을 보호하겠다는 정책을 어떻게 받아들여야 할까? 이 시도는 미래를 위한 책임감의 표명일까, 아니면 노스탤지어를 판매하는 새로운—동시에 과거로 퇴행하는—산업일까?

그전까지 나는 가축에 대해 깊이 생각한 적 없었다. 동물노동이라는 개념도 낯설었다. 그러나 노동하는 동물을 목도하자 새로운 질문이 생겨났다. 가축화된 동물은 인간과 어떻게 공존해야 할까? 개와 고양이가 반려동물로서 위치를 확보했다면, 그들만큼 인간과 오래 살아온 다른 동물은 어떤 관계를 맺

■ 한편 마사 C. 누스바움은 불교와 힌두교가 자연계를 해석하는 관대한 사유를 언급하며 서구와 비서구를 막론하고 동물에 대한 인간의 잔인함을 개탄하는 철학적 전통은 2천 년 넘게 이어져왔다고 말한다. 마사 C. 누스바움, 『동물을 위한 정의』, 이영래 옮김, 알레, 2023, 13쪽. 추측건대 진 커제즈의 견해는 서구 동물권리운동의 시초가 된 영국 공리주의를 기준으로 삼았을 가능성이 높다.

을 수 있을까?

ΙΙΛ

　여행에서 돌아온 뒤 나는 이 주제에 대해 동물권 활동가인 S와 이야기를 나누었다. 국내에서 꽃마차 금지 캠페인을 벌이기도 했던 S는 동물노동의 폐지를 주장했다. 일을 시작하거나 중단할 선택권이 없는 동물에게 노동은 언제나 착취라는 입장이었다. 그러나 현실적으로 모든 동물을 반려동물화하는 것은 불가능하다. 자본주의 시스템에서 인간에게 쓸모없어진 가축은 도태된다.

　S에게 가축화된 동물과 인간이 어떻게 관계 맺을 수 있는지 물었지만, "동물은 억압의 대상이 아니라 보호의 대상"이라는 원론적 답변이 돌아왔다. 나는 그것이 적절한 공존방식인지, 동물을 보호의 대상으로 한정하는 시각이 극단적 결론으로 이어지는 것은 아닌지 의문스러웠다. 강경한 동물권 옹호론자들은 인간과 동물의 관계를 단절해야 한다고 주장하면서, 가축화된 동물의 점진적 멸종을 해결책으로 제시하는 경우가 적지 않다. 이들은 철학자 톰 리건

의 말처럼 "더 큰 우리가 아니라 텅 빈 우리를 원한다It is not bigger cages that we want, but empty cages".

지속 가능한 사회에 대한 요청은 재해, 병리, 환경, 인공지능, 젠더, 장애 등 다양한 영역에서 '공존'이라는 개념을 불러낸다. 그러나 동물, 특히 가축은 인간의 공동체에 항상 존재했으나 언제나 소거되어 있다는 점에서, 공존의 바깥에 자리하는 삭제된 대상, 비공존하는 비존재다. 그들은 어디에나 있고 아무데서도 보이지 않는다. 갇혀 있거나, 조각난 채 식품 진열대에 전시되어 있기 때문이다. 사물화된 동물만큼 철저히 지워진 존재는 없다. 우리는 조직적으로 이루어지는 감금과 살해를 모르지 않지만, 망각이라는 손쉬운 방식을 통해 진실을 외면한다. 동물은 우리가 항상 목도하지만 끈질기게 망각하는 바로 그 타자다.

인간사회가 동물을 분류해온 방식은 분명 문제적이다. 인간이 폭압적으로 지배해온 동물은 반려동물, 축산동물,* 실험동물, 전시동물, 오락동물이라는 이름으로 세분화된다. 그 가운데에서도 '가축'은 인간이 특정 동물을 통제 가능한 대상으로 규정하여 붙인 이름이다. 몸을 돌릴 수조차 없는 스톨에 갇혀

고기가 될 아기를 생산하는 암퇘지, 끊임없이 강제 임신을 당하고 출산 직후에 아기를 빼앗기는 젖소, A4용지보다 작은 배터리 케이지에서 달걀을 생산하는 산란계, 이들은 가축이라는 이름 아래 잔혹한 삶과 죽음만을 허락받는다. 그들은 인간이 번영해온 역사의 그림자이자, 인간세계의 무게를 지탱하는 고역의 존재 아틀라스다.

그러므로 S가 동물노동을 인정할 수 없었던 이유도 충분히 이해할 수 있다. 동물노동이라는 표현이 '노동 워싱labour washing', 즉 동물에 대한 착취를 노동으로 둔갑시키는 데 이용되면 동물을 학대하는 산업을 정당화할 수 있기 때문이다. 실제로 사회 시스템이 동물을 극단적으로 도구화하는 산업을 용인하고 있다는 점을 생각하면, 동물노동에 대한 논의가 이런 위험을 내포한다는 사실은 가볍게 넘길 수 없다.

그러나 다른 방향에서 보면, S처럼 동물노동과 동

■ 축산에 이용하는 동물의 법적 명칭은 '농장동물'이다. 그러나 공장화된 '농장'이 여전히 목가적 이미지를 떠올리게 한다는 점을 고려하면, 나는 이 용어가 축산동물이 처한 비인도적인 상황을 은폐하는 것이 아닌지 의구심이 든다. 이런 이유로 이 책에서는 법적 용어인 농장동물 대신 축산동물이라는 명칭을 썼다.

물 착취를 동일시하는 입장은 또다른 문제를 드러낸다. 동물을 주체성이 없는 비행위적 존재로 고정할 때, 인간과 비인간의 관계는 언제나 인간이 결정권을 쥐는 종속적 구조로 회귀하기 때문이다. 결국 동물노동은 '짐을 끄는 짐승들a beast of burden'이라는 오래된 패러다임에 갇힌다. 결과적으로 우리는 동물과의 관계를 더 나은 방향으로 설계할 가능성을 스스로 닫아버릴지 모른다.

⫼

　　1975년 피터 싱어의 『동물 해방』이 출간되면서 동물의 도덕적 지위에 대한 철학적 논의가 본격화된다. 이후 동물윤리에 관한 논쟁은 복지론자welfarist와 폐지론자abolitionist 사이의 대립으로 전개된다. 복지론자는 동물에게 고통이 최소화된 삶과 죽음을 보장한다면, 인간이 동물을 이용하는 일은 타당하다고 본다. 이들의 주장은 동물 사육과 도살을 둘러싼 법적 규제, 이른바 동물보호법의 제정에 기여했지만 아이러니하게도 이 법은 동물산업을 억제하기보다는 오히려 제도화하고 안정화하는 역할을 해왔다.[32]

반면 폐지론자는 인간의 이익을 위해 동물의 고유한 삶을 침범하는 것은 윤리적으로 용납할 수 없다는 입장이다. 그들은 가축이 인간의 목적에 따라 선택적으로 번식된 결과, 영속한 불구 상태이자 극단적 의존 상태에 놓였다고 말한다. 따라서 이들에게 유일한 해법은 가축의 멸종을 이끄는 것이다.[33] 양자의 토론은 폐지론자의 '관계 없는 권리'와 복지론자의 '권리 없는 관계'로 요약된다.

나는 동물을 착취하지 않기 위해 인간이 자본과 편리를 포기할 수 있는지, 포기할 수 있다면 어디까지 포기할 수 있는지 의문을 가진다. 동시에 인간이 '더 많이' 향유하기 위해 어디까지 동물을 착취할지, 과연 이 착취를 끝낼 수 있을지 의문을 가진다. 두

■ 가축화된 동물은 종종 야생동물과 비교된다. 자연적이지도, 개별적이지도, 주체적이지도 않은 존재로 묘사되거나 인간에 의해 만들어진, 인간에게 길들여진, 인간의 기술적 도구인, 인간의 돌봄이 없으면 생존 불가능한 존재로 규정되면서. 그러나 수나우라 테일러는 『짐을 끄는 짐승들』에서 가축을 의존적 존재로 보는 것은 인간중심적이고 비장애중심적일 뿐 아니라 거대한 허구라는 점을 간파한다. 의존은 장애인과 가축화된 동물만의 특징으로 여겨지고 종을 불문하여 착취의 구실이 된다. 그러나 인간이 타인에게 의존하면서 삶을 시작하고 타인에게 의존하면서 삶을 끝내듯, 진실은 우리 모두가 의존적이라는 것이다. 수나우라 테일러, 『짐을 끄는 짐승들』, 이마즈 유리·장한길 옮김, 오월의봄, 2023, 350쪽.

의문 사이에서 올바름에 대한 답은 끝없이 수정되고 유예된다.

가끔, 해변에 혼자 서 있던 말과 눈이 마주쳤던 순간을 떠올린다. 깊고 검고 아름다운 눈동자 앞에서 나는 내 앞의 생명체를 '노동하는 동물'이나 '착취당하는 동물'로 보지 않았다. 나와 함께 그 시공간에 머무르는 타자, 나와 마찬가지로 지구에서 하나의 장소를 점유하는 존재로 보았다. 내가 말을 바라보고 말이 나를 바라본다. 응시를 주고받던 그 순간이 여전히 마음에 남아 있는 이유는, 그때 내가 어떤 질문을 떠올렸기 때문인지 모른다. '인간은 비인간을 어떻게 공동의 세계에 초대할 수 있는가?' 나 또한 그들을 공동체의 일원으로, 세계에 참여하는 동료로 상상하지 않았기에, 예기치 않은 이 질문은 비인간과의 관계에 대한 나의 고정관념을 흔드는 것이었다.

∭

트라왕안에서 돌아온 뒤 나는 동물과의 공존에 대해 다시 생각하게 되었고, 그 문제를 다룬 책을 찾아보다가 여러 학자가 공저자로 참여한 『동물노동』을 읽었다. 저자들은 복지론과 폐지론의 교착 상태를 넘어서, 동물에게 성원권을 부여하고 노동자라는 사회적 역할을 인정하자고 요청한다. 성원권이란 공동체 안에서 목소리를 낼 수 있는 권리, 즉 구성원으로서 자리를 가지는 것을 뜻한다. 인간의 노동운동이 폐지가 아니라 존엄을 위한 투쟁이었듯, 비인간의 노동도 존엄하게 일할 권리를 보장하고 가치 있는 역할을 수행하는 방향으로 나아갈 수 있는지 이 책은 묻고 있다.

동물노동을 인정하든 그러지 않든, 이 개념을 이해하는 일은 비인간과의 공존을 상상하는 창구가 될 것이다. 지금까지의 논의는 인간중심적 관점에서 동물산업을 용인하거나(복지론) 반대로 가축을 의존적 존재 혹은 수동적 피해자로 간주했다(폐지론). 그러나 동물노동이라는 담론은 동물을 '주체적 행위자'로 대우할 것을 요청한다. 비인간 존재들은 우리에게 이렇게 묻고 있는지 모른다. "당신들은 우리를 인간의 협력자로 인정할 수 있는가?" 이는 동물이 인간사회에서 '착취되는 객체'가 아니라 '동등한 구성원'으로 함께할 수 있느냐는 질문이다.

동물의 '주체적 행위성'에 대한 인정 위에서 우리는 조금 덜 잔인한 세상을 상상할 수 있는지 모른다. 축산동물에게는 휴식할 공간과 시간이, 실험동물에게는 고통을 회피할 권리가, 노동동물에게는 노동을 거부할 자유가 주어진다면 그런 조건은 동물의 존재성과 행위성을 존중하는 방식이 될 것이다. 이는 선언이라기보다 상상에 가깝지만, 그 상상 없이 우리는 아무것도 바꿀 수 없다. 동물이 주체적 행위자로서 인간과 상호작용한다면, 이제 인간은 이들의 메시지에 어떻게 응답할 것인지 질문해야 한다. '동물의 요청은, 거절은, 침묵은, 언어화되지 않은 언어는 우리에게 무엇을 말하고 있는가?'

동물에 관한 진보적 담론에는 대부분 이런 말이 따라붙는다. "인간도 힘든데……" 그러나 동물노동에 관한 논의는 인간노동의 권리나 조건과 단절되지 않는다. 인간노동의 가치와 경합하지도 않는다. 오히려 이것은 노동운동이 쟁취한 성과를 비인간 동물과 공유하는 것, 이미 한 팀의 동료로 대우받는 군견과 경찰견처럼▪ 다양한 동물을 동료이자 구성원으로 받아들이는 것, 그럼으로써 종간 연대inter-species solidarity라는 새로운 전망을 만들어가는 일이다.

　　인간의 필요와 이익이 최우선 순위가 되고 동물과 환경을 단순한 자원으로 여기는 지금의 현실에서, 이 모든 이야기는 이상理想으로 여겨질지 모른다. 그러나 나는 멀지 않은 미래에 종간 연대가 우리의 실천적 과제가 되어야 한다고 믿는다. 동물과 인간, 인간과 자연의 관계는 지금 같은 모습으로 지속될 수 없다. 또한 인간이 중심이라는 오랜 관념이 무너진 시대에, 우리는 다른 존재와의 연결을 새롭게 사유할 수밖에 없다. 관계 없는 권리와 권리 없는 관계가 아닌, 철저한 이용과 완전한 분리가 아닌, 관계를 전제로 관계를 가능케 하는 관계의 가능성을 상상하기. 이것이 나에게는 응시-경이의 순간에서 비롯한 사유와 정동이 남겨준 과제이자, 응시에서 시작해 응답으로 향하는 여정이다.

■ 물론 모든 군견과 경찰견을 이상적 동반자 모델이라고 말할 수는 없다. 그러나 일부 국가에서 군견을 '전우'로 예우하는 인식, 은퇴 후 입양을 추진하고 보상금을 지급하는 제도 등은 협력적 관계의 가능성을 보여준다. 미국에서는 '미션 K9 레스큐Mission K9 Rescue'와 '포스 오브 오너 Paws of Honor'와 같은 비영리단체가 은퇴한 군견의 입양과 복지를 지원한다. 이는 노동하는 동물과의 관계를 동반자적 관계로 전환할 수 있음을 보여주는 사례다. 한편 한국에서는 2024년 11월 농림축산식품부가 지자체 및 관련 기관과 협력해 은퇴한 특수견의 노후를 지원하는 정책을 발표하면서, 이러한 전환에 동참하려는 움직임을 보이고 있다.

| 함께한 책

- 마사 C. 누스바움, 『동물을 위한 정의』, 이영래 옮김, 알레, 2023.
- 진 커제즈, 『동물에 대한 예의』, 윤은진 옮김, 책읽는수요일, 2011.
- 샬럿 E. 블래트너·켄드라 콜터·윌 킴리카 엮음, 『동물노동』, 평화·은재·부영·류수민 옮김, 책공장더불어, 2023.

4부

언어 속에서

통증의 에세이즘

: 모두가 아픈 시대, 나의 아픔을 쓴다는 것

통증을 쓰는 일은 왜 이토록 어려운가? 우리가 각자의
육체 속에 갇혀 있다는 진실을 각인시키는 것 말고,
고통을 말하는 일에 무슨 의미가 있는가?

어느 아침, 잠에서 깨자마자 뒷목과 오른쪽 견갑골에 날선 통증이 들이닥쳤다. 몇 년 주기로 찾아오던 고질병, 경추추간판탈출증Cervical HIVD이 급성으로 악화된 것이었다. 예전처럼 병원에 다니고, 물리치료와 도수치료를 병행하고, 휴식을 취하면 나아지려니 생각했다. 무심코 나쁜 자세를 오래 유지했거나, 원고를 집필하느라 몸을 혹사한 탓이라고 짐작했다.

상태는 날이 갈수록 심각해졌다. 진통제도 소용없었다. 통증은 목에서 어깨, 등, 팔, 손목까지 퍼져나갔다. 뒷목과 견갑골에는 칼로 쑤셔대는 듯한 날카로움이, 팔에는 전류가 흐르는 듯한 찌릿찌릿함이 지속되었다. 몸을 움직일 수 없어 하루종일 누운 채로 시간을 견뎠다. 너무 오래 누워 있어 등과 허리가 짓눌렸지만 자세를 바꾸는 것이 더 고통스러웠기에 움직이지 않아야 했다. 하얀 천장을 바라보며 나에게만 멈춰버린 시간을 체감했다. 잠에서 깨는 일이 다시 고통에 갇히는 일처럼 느껴져 아침마다 눈물이 흘렀다.

MRI를 포함한 정밀검사를 받았다. 결과를 기다리는 일주일은 끔찍했다. 한순간도 멈추지 않는 극심한 통증으로 인해 하루에도 몇 번씩 공황증세가 찾아왔다. 네 번이나 발작을 일으킨 날도 있었다. 예고 없이 몰려드는 공포와 오작동하는 내면의 경보, 울음과 비명, 식은땀, 어지럼증, 경련, 과호흡, 몸부림이 반복되었다. 하루에도 몇 번씩 그런 상태에 빠지자 우울과 비관이 정신을 갉아먹기 시작했다. 이 고통이 영원히 이어질지 모른다는 상상을 멈출 수 없었다.■

마침내 검사 결과가 나왔지만 원인은 불분명했다. 경추디스크가 돌출한 데 더해 흉추 1번디스크가 추가로 손상된 것을 확인했지만, 거동을 불가능하게 할 만큼 결정적 원인은 발견하지 못했다. 의학적 진단과 체험된 고통 사이의 괴리는, 통증을 증명하는

■ 통증에 대한 묘사는 전작인 『나는 결코 어머니가 없었다』의 일부 내용을 다듬어 옮겼다. 같은 통증에 대해 새롭게 묘사할 언어가 나에게 없었기 때문이다. 그것은 이 글이 다루고 있는 주제이기도 하다. 즉 통증을 언어화할 때 마주치는 한계, 버지니아 울프가 말한 '언어의 빈곤' 문제이다.

일의 불가능성을 단적으로 보여주는 하나의 사례였
다. '원인이 불분명하다'는 말은 '너는 네가 호소하는
것만큼 아프지 않다'는 부정으로 들렸고, 나는 '언어
화할 수 없는 통증'이라는 문제에 직면했다.

신경차단술과 재활치료를 병행하며 와병생활을
한 끝에 통증은 서서히 가라앉았지만, 이 경험은 나
에게 깊은 파장을 남겼다. 그날 이후 나는 매일 불안
속에 살아왔다. 언제 통증이 다시 나를 덮칠지 몰라
서, 그 통증이 나의 육체뿐 아니라 정신까지 파괴할
지 몰라서, 무엇보다 내가 통증에 대해 아무것도 쓰
지 못할지 몰라서.

⫴

통증의 한가운데에 있을 때, 그리고 통증이 다시
찾아올까봐 불안해할 때도 나는 이 경험을 어떻게
언어화할지 고심했다. 메모장에는 '뒷목을 도끼로
내리치는 느낌' 같은 문장이 적혀 있지만, 이는 증상
을 진부하고 과장된 비유로 기술한 것뿐이다. 통증
을 쓰는 일은 왜 이토록 어려운가? 우리가 각자의
육체 속에 갇혀 있다는 진실을 각인시키는 것 말고,

고통을 말하는 일에 무슨 의미가 있는가?

나는 이 글의 서두를 읽으며 스스로에게 질문한다. 내가 느낀 통증을 '충분히' 묘파했는가? 아니다. 비명과 신음, 호소와 울부짖음이 '충분히' 드러났는가? 아니다. 육체적 고통이 언어에 저항하고, 언어를 적극적으로 분쇄하는 문제[1]임을 '충분히' 보여주었는가? 아니다. 이 통증이 제3자에게 의미 있는 이야기로 전환되었는가? 아니다. 아니다. 아니다. 통증을 쓰는 일은 '불충분함'과의 고투다. 이 글은 시작부터 실패했다. 그리고 이 실패가 곧 이 글 전체의 질문이 될 것이다. '고통은 왜 이야기되어야 하고 어떻게 이야기되어야 하는가?'라는 질문.

통증 앞에서 언어는 언제나 실패한다. 그럼에도 우리는 계속 고통에 대해 쓰려고 한다. 내가 사용한 표현들—"칼로 쑤셔대는 듯한 날카로움" "전류가 흐르는 듯한 찌릿찌릿함"—은 얼마나 전형적인가? 게다가 이 표현은 내가 칼로 쑤셔지거나 전류가 흐르는 경험을 한 적 없다는 점에서 신뢰할 만하지도 않다. 송곳으로 찌르는 듯한 통증, 불타는 듯한 통증, 쥐어짜는 듯한 통증, 살이 에이는 통증, 온몸을 휘감는 통증, 욱신거리는 통증, 얼얼한 통증…… 고통의 한가운데에 놓여 있는 이에게는 이 모든 언어가 '충분하지 않다'.

이 불충분함 속에서 '솔직함'과 '정직함'이라는 또 다른 문제가 출현한다. 솔직함이 통증을 날것의 언어로 쏟아내려는 충동이라면 정직함은 어디까지 드러낼지, 어떻게 드러낼지를 질문한다. 솔직함의 극단이 비명이라면 정직함의 극단은 침묵이다. 전자는 과잉되어 본질을 잃고 후자는 정제하다못해 회피한다. 결국 통증에 대해 쓰려는 자는 두 원칙 사이에서 균형을 잡는 데 실패한다. 언어는 아슬아슬한 균형 속에 파편적으로 존재할 뿐이다.

그럼에도 우리는 계속 고통에 대해 쓰려고 한다.

영문학자 일레인 스캐리는 말한다. 환자에게 통증은 논박할 수 없을 만큼 절대적인 현존이어서 '고통스러워하기'는 곧 '확신하기'이다. 그러나 타인의 통증은 붙잡히지 않는 것이므로 '통증에 관해 듣기'는 곧 '의심하기'이다. 통증은 상호 간에 공유될 수 없는 감각이다. 부정될 수도, 확증될 수도 없는 무엇이다.[2]

‘공유의 불가능성’이라는 스캐리의 통찰은 ‘표현의 불가능성’을 전제한다. 통증에 대해 말하려는 사람은 비명과 신음과 호소와 울부짖음을 언어화할 수 없다는 데 절망한다. 아무에게도 이 통증을 온전히 전달할 방법이 없다는 데 좌절한다. 이 절망과 좌절은 사고를 멈추게 하고 말을 잃게 한다. 통증을 말하는 가장 좋은 방법은 말하지 않음, 즉 침묵이 된다. 이 침묵 속에서 나와 세계를 잇던 감각은 단절된다.

ⅢΛ

통증 앞에서 언어의 빈곤을 한탄한 작가 가운데 버지니아 울프가 있었다. 그는 극심한 만성두통에 시달렸고, 때로는 소리를 과하게 지각하거나 환청을 겪었다. 『댈러웨이 부인』 출간 이후, 울프는 심한 피로와 두통과 우울증으로 집필이 불가능해졌다. 에세이 「병에 대하여」에서 그는 그 시기의 정신적·신체적 탈진을, 또한 그 상태를 표현할 언어가 없다는 데에서 오는 낙담을 기록했다.

결정적으로 문학에서 질병 묘사를 막는 것은 언어

의 빈곤이다. 영어, 이 언어는 햄릿의 사변과 리어 왕의 비극을 표현할 수는 있어도 오한이나 두통을 표현할 말은 없이 한쪽으로만 무성하다. 평범한 여학생도 사랑에 빠지면 셰익스피어나 키츠로 자신의 마음을 대신 말할 수 있지만, 아픈 사람이 머릿속의 통증을 의사에게 묘사하려고 하면 언어는 즉시 말라버린다.[3]

그러나 일부 작가는 언어가 고갈된 자리에서 통증의 언어를 새롭게 발명하거나, 통증 자체를 사유의 시작점으로 삼았다. 암 환자였던 수전 손택은 질병이 사회적 낙인과 도덕적 심판의 언어로 소비되는 방식을 비판했다. 자신의 질병에 대해 직접적으로 언급하지 않았지만, 모리스 블랑쇼는 질병의 감각이 언어와 존재를 바꾸는 과정을 사유하며 질병을 비정치적인 것으로 치환하는 사회구조에 저항했다. 신경매독으로 하반신 마비증세를 겪었던 알퐁스 도데는 메모의 형식으로 고통의 감각을 세밀하게 기록했고, 결핵을 앓았던 토마스 만은 질병을 삶과 죽음, 시간과 존재를 관통하는 은유로 확장했다. 통증 앞에서 끊임없이 실패하는 언어를 붙잡고, 실패한 언어로부터 매번 글쓰기를 다시금 시작했던 이 비범한 작가들은 단지 고통을 증언하는 데 그치지 않는다. 그들은 '고통을 어떻게 말할 것인가?'라는 더 근원적인 질문으로 우리를 데려간다.

울프는 작가들이 사랑에 대해서는 열렬히 이야기하면서 고열이나 우울증에 대해 말하지 못하는 이유로, 질병을 정면으로 직시하는 일의 어려움을 들었다. 고통을 쓰기 위해서는 "사자 조련사의 용기" "강인한 철학" "대지의 창자에 뿌리내린 이성"[4]이 필요하다. 그것 없이 고통을 쓰려 한다면 신비주의나 초월주의에 빠질 뿐이다.[5]

고통에 대해 쓰는 것은 용기, 철학, 이성만으로도 충분하지 않다. 고통을 말하려 할 때 나는 다시 묻게 된다. 고통을 느끼는 나는 누구인가? 나의 고통은 어떻게 드러나야 하는가? 아픈 몸과 정신은 나의 일부지만 그 고통은 나를 압도해, 내가 누구인지 알지 못하게 한다. 나는 통감의 세부까지 묘파하고 싶은 욕망과, 통증으로부터 떨어진 채 절제된 글을 쓰고 싶은 욕망을 동시에 느낀다. 아픈 나에 대한 낯선 무지와 모순된 욕망은 '자기인식'과 '서술방식'이라는 근본적 문제에 나를 봉착하게 한다.

술직함이란 무엇인가? 장르로서의 에세이는 (육체적 고통에서 비롯하든 정신적 고통에서 비롯하든) 상처 입은 내면을 '솔직하게' 드러낸다고 여겨지는 글쓰기이다. 냉소적으로 말하면 저마다 아픈 시대에 자신의 아픔에 집중하는 글이라고 할 수도 있을 것이다. 이런 글은 읽는 사람으로 하여금 감정적 부담을 지우고, 자의식의 과잉으로 말미암아 지나친 동일화를 요구하는지 모른다. 아픈 사람의 이야기를 읽을 때 나는 타인의 고통을 느끼는지, 타인의 고통이 불러낸 나의 고통을 느끼는지 분간하지 못한다. 고통을 쓰는 나와 읽는 나는 모두 고통의 한가운데에 놓인다.

아픈 몸과 정신에 대해 쓰는 일은 책임을 수반한다. 나의 아픔을 말하는 글이 아픈 타자에게 어떻게 번역될까? 고통의 문장은 쓰는 자와 읽는 자 사이에 어떤 관계를 만들어낼까? 나의 글이 누군가의 오래된 상처를 헤집지 않고, 누군가의 정신적 외상을 건드리지 않을 수 있을까? '이것까지 써야 하는가?'라는 질문이 떠오를 때 쓰지 않음을 선택하는 일이나,

폭력에 의한 고통을 드러내되 폭력 자체를 재현하지 않는 글은 어디까지 가능할까?

'솔직한 글'이라는 말에는 때로 환상이 덧씌워 있다. 독자는 에세이를 읽으면서 타인의 벌거벗은 자아와 마주한다고 느낄 수 있고, 실제로 어느 정도는 그렇다. 그러나 에세이는 '나의 아픔을 솔직하게 재현하는 장르'라기보다 '솔직하고 싶은 욕망과 솔직할 수 없는 한계 사이에서 머뭇거리는 글쓰기'에 가깝다.

때로 글을 쓰는 이는 에세이라는 영토에서 자기 고통의 경계를 넘어 타인의 고통을 말하는 위치에 놓인다. 전자가 머뭇거리는 글쓰기라면, 후자는 정치적이거나 윤리적인 판단이 요청되는 복잡한 자리다. 고통의 재현은 객관적 사실의 전달이 아니라 특정한 해석에 의한 구성이다. 아픔은 그 자체로 중립적 경험이 아니며, '어떻게 말하느냐'에 따라 해석하는 주체(누가 말하는가?)와 해석되는 대상(누구의 고통인가?) 사이에 권력 구도가 형성되기도 한다.

이 같은 맥락을 고려하면 에세이는 '솔직함'을 명목으로 자신(그리고 연루된 타인)에 대해 모든 것을 발설하는 장르가 아니라, '정직함'을 윤리의 기준으로 삼는 장르여야 하는지 모른다. 솔직함이 말해지지 않아야 할 것까지 말해버리고 싶은 충동에 자주 굴복한다면, 정직함은 무엇을 감추고 무엇을 남길지 스스로를 집요하게 추궁한 끝에 도달하는 지점이다. 이는 나의 고백에 연루된 타인의 비밀을 동의 없이 공개하는 것이나, 누군가의 '기억되지 않을 권리'를 침해하는 것만을 뜻하지 않는다. 감정이 여전히 해석되지 않는 무엇일 때 '아직은' 말하지 않는 것, 유보한 채 기다리는 것도 정직함의 한 방식일 것이다. 고통에 관한 증언이 폭력이나 분출이 되지 않도록 '말함'과 '말하지 않음'의 경계에서 타인을 상상하는 일, 에세이의 균형은 솔직함이 아니라 그 상상력에 있다고 나는 생각한다.

│││\

　에세이의 정직함이 유보와 미완에 있을 때, 에세이스트는 맴돌고 서성이고 에두르는 가운데 실패한 언어와 불완전한 사유를 낳는다. 내가 추구하는 에세이즘*이 사실의 나열이나 감정의 분출이 아니라 '말하지 않음'과 '머뭇거리며 말하기'라면, 에세이스

트로서 나는 단호한 증언자이기보다 흔들리는 기록
자다. 내가 쓰는 에세이의 가능성은 모이고 흩어지
는 단상斷想에, 그것을 꿰어맞추려는 '시도'■■에 있다.
우리가 서로의 고통을 한순간도 공유하지 못한다
해도, 언어화될 때 형태를 가지는 아픔이 있다면 우
리의 이야기는 정직하게 시도되어야 한다. 닿지 못
할 것을 각오한 글만이 누군가에게 닿고, 실패할 것
을 예감한 글만이 끝까지 읽힐 것이다.

　네번째 책의 작가 소개글에 이런 문장을 썼다. "불
완전한 내가 불완전한 타자와 연결되는 글쓰기를
소망한다." 내가 고통을 말해야 한다면 연결을 위한
말하기여야 할 것이다. 더 솔직하게 아픈 글로써가
아니라 닿지 못한 자리에서 허정대며 시도하는 이
야기, 아픈 내가 아픈 당신의 곁에 설 때 우리 사이
에 흐르는 고요로써 가능한 것. 불충분함과의 고투

■ '에세이즘'은 브라이언 딜런의 책 제목에서 가져온 표현이다. 딜런은
에세이즘을 '에세이 형식을 실천하는 것'이 아니라 '에세이 형식에 대한
태도 혹은 사유의 방식'이라고 설명한다. 브라이언 딜런, 『에세이즘』, 김
정아 옮김, 카라칼, 2023, 29쪽.
■■ 에세이의 어원은 '시도'이다. 스위스 비평가 장 스타로뱅스키의
1983년 글 「에세이를 정의할 수 있을까?」에 따르면 '시도하다'라는 뜻
의 프랑스어 '에세예essayer'는 저울을 의미하는 후기 라틴어 '엑사기움
exagium'에서 유래했다.

에서 패배하고 패배하면서, 언어의 고갈을 경험하고 경험하면서, 다시, 모두가 아픈 시대에 나의 아픔을 쓰는 일에 대해 질문하면서, 나는 머뭇거리며 쓴다.

| 함께한 책

• 일레인 스캐리, 『고통받는 몸』, 메이 옮김, 오월의봄, 2018.
• 버지니아 울프, 『존재의 순간들』, 최애리 옮김, 열린책들, 2022.

저주받은 말

: 침묵하던 자가 입을 열 때

다시, 명명이다.
나 자신을, 나처럼 무명의 처지에 놓인 타자를
사랑의 이름으로 부르는 일.
이 이름이 부여한 임무는 세상이 믿어주지 않는,
어쩌면 믿고 싶어하지 않는 이야기를 하는 것이다.

‘내’가 글을 쓰는 것은 ‘여성’이 글을 쓰는 것이라는 사실을 처음 의식한 때가 언제였을까? 아니 그전에, 글을 쓰는 주체의 성별이 중요한 문제로 느껴진 때는 언제였을까? 여자의 목소리와 남자의 목소리를 판별하라는 명령은 내면이 아니라 외부에서 왔다. 여류작가라는 지칭이 일반적이었던 시절에, 여성의 소설을 사소설이라는 명칭으로 뭉뚱그리던 시절에, 여성의 시에서 관능만을 읽어내던 시절에, 여성이 쓴 글은 차이를 막론하고 여성문학으로 분류하던 시절에. 여성의 언어는 비체계적이거나 비이성적인 것으로 간주되었고, 일부 여성 창작자는 병자로 낙인찍혔다.

처음 글을 쓸 때는 그저 ‘좋은 글’을 쓰고 싶었다. 좋은 글이 무엇을 의미하는지 모르면서, 누가 기준을 만들고 평가하는지 모르면서 내가 모르는 그것을, 문학이라 불리는 세계를 간절히 원했다. 시간이 흐른 뒤 나는 좋은 글이 남성 중심의 전통 위에 세워진 정의는 아닌지, 기준과 평가를 만드는 이들 또한 '보편적'이고 '문학적'이라 불리는 남성적 권위자들이 아닌지 의심했다. 그 잣대대로라면, 나의 이야기는 지나치게 사소하고 너무나도 개인적이어서 나 자신을 믿을 수도, 내가 가진 이야기를 믿을 수도 없었다.

김혜순 시인은 "나는 문학적 보편성이라는 이름으로 불리는 남성적 원전에 부대끼면서도, 페미니즘이라고 불리는 서양적 담론으로부터도 멀리 떨어져 사는 제3세계의 여성 시인"[6]이라고 스스로를 규정했다. 나 또한 어느 세계에도 소속되지 못한 식민지 여성으로서, 남성/서구라는 전범의 안에서 (혹은 밖에서) 나를 추동하는 힘을 발견해야 했다. 여성의 글쓰기란 여성의 글과 남성의 글을 가르는 이분법 속에만 놓인 것이 아니다. 보편성으로 일컬어지던 남성적 글쓰기의 안과 밖에서 '여성적 힘이란 무엇인가?'를 질문하는 작업이다.

과거의 일부 여성 작가들은 여성 작가로 규정되는 것을 거부했다. 영문학자인 샌드라 길버트와 수전 구바는 『The Norton Anthology of Literature by Women(노턴 여성문학 앤솔러지)』에 엘리자베스 비숍을 포함하려 했을 때, 비숍으로부터 자신의 시를 수록하려면 이 발언을 작품 앞에 반드시 수록하라는 요청을 받았다. "젠더는 의심의 여지 없이 예술에서 중요한 역할을 수행하지만 그럼에도 예술은 그저 예술일 뿐이며 글, 그림, 작곡 작품 등을 두 개의 성별로 나누는 것은 예술과 **무관한** 가치를 그 작품 안에 가두는 일이다."[7] 다시 말해 비숍에게 여성 작가란 '덜 중요한 작가'로 평가절하되는 일이었기에, 그는 자신의 작품과 젠더 정체성이 연관되는 일을 기피했던 것이다.

한편 자신의 글쓰기를 인종이나 성별의 범주에 가두지 않으면서, 정체성을 작품의 전면에 놓은 작가들도 있었다. 흑인 여성 최초로 노벨문학상을 수상한 토니 모리슨은 '흑인문학'이나 '여성문학'으로 규정되는 일을 경계하면서도, 백인 중심의 문학 전통을 탈피하고 흑인 여성의 경험을 조명했다. 인터뷰에서 모리슨은 이렇게 말했다. "나는 백인의 시선이 지배하지 않는 글을 쓰고 싶었어요."[8]

그의 목소리는 여성 작가로서 정체성을 부정하는 것이 아니라, 흑인 여성의 경험을 보편적 인간 경험으로 전환하려는 문학적 길항이었다. 정체성을 작품의 중심에 두고 보편적 층위로 끌어올렸다는 점에서 모리슨은 비숍과 대비된다. 비숍이 젠더를 지운 채 '무성無性의 시인'으로 남기를 원했다면, 모리슨은 젠더와 인종을 정면으로 다루며 경계인의 문학을 새롭게 정의했다. 오늘날의 여성 작가들 또한 모리슨과 비숍 사이에 놓인 패러독스—젠더를 드러내면 '여성문학'으로 축소되고, 젠더를 지우면 존재가 비가시화되는 분열적 상황— 안에서 자기 정체성을 만들어가고 있을 것이다.

내가 여성의 글쓰기에 대해 생각한 것은 몇 년 전 『나는 결코 어머니가 없었다』(이하 『어머니』)를 쓸 때였다. 『오이디스푸스 왕』『햄릿』『카라마조프의 형제』 등에서 남성 작가들이 공통적으로 '아버지 살해'를 묘사하거나 암시했던 것처럼, 또한 지크문트 프로이트와 같은 남성 의학자가 아들의 '아버지 콤플렉스'를 탐구했던 것처럼, 나는 19세기 여성 시인인 에밀리 디킨슨의 편지에서 발견한 문장—"I never had a mother"—에서 출발해, 모성의 절대성과 대결하는 딸—나의 분투를 담고자 했다.

전형적 남성 서사는 아버지에게 압도되고, 아버지와 대립하며, 끝내 아버지를 살해한다. 반면 내가 스스로의 젠더 정체성을 의식하며 집필한 이 책은 '어머니가 결코 없는 상태', 어머니 살해라는 목적을 드러내는 동시에 숨기고 있다. 이해하지 못하는 대상은 살해할 수 없기에 책의 표면적 서사는 어머니의 삶을 경청하고 해석하고 그에 감응하는 과정이었다. 그러나 어머니와 딸은 모녀라는 관계의 타자로서 영원히 서로를 이해할 수 없다. 감응에 도달하는 것은 애초부터 불가능한 글쓰기이며, 그 결말은 예정된 실패다. 따라서 책의 목적은 "의미 있게 실패하는 것" "성공적으로 실패하는 것"[9]이었고, 달리 말하면 여성이 여성에 대해 쓰는 일이 불러일으키는 절망을 직면하는 것이었다. 이 불가능, 이 실패, 이 절망이 내가 생각하는 여성의 글쓰기다.

『어머니』를 쓰던 시기, 나는 또하나의 불가능을 지향했다. '여성의 글쓰기'를 넘어 '여성적 글쓰기'에 도달하고 싶은 열망. 두 개념은 확연히 다르다. 여성의 글쓰기가 문자 그대로 여성이 쓰는 글이라면, 여성적 글쓰기는 기존의 남성적 글쓰기가 지워온 여성성을 드러냄으로써 "여성의 육체로 귀향"[10]하려는 시도다.

엘렌 식수는 『메두사의 웃음/출구』에서 여성적 글쓰기를 여성의 몸에서 길어올린 언어, 이성의 질서를 벗어난 무의식, 남성적 문법에 균열을 내는 쾌락으로 설명한다. 핵심은 저자의 생물학적 정체성이 아니라, 억압받던 타자의 언어를 회복하는 것이다. 여성은 자기 자신을 글로 써야 하고,[11] 여성성에 대해서는 거의 모든 것이 써야 할 과제다.[12] 이 과제는 글쓰기의 형식, 즉 해체와 전복으로 수행된다.

식수는 여성적 글쓰기의 사례로 콜레트, 마르그리트 뒤라스와 함께 장 주네를 언급한다. 주네는 생물학적으로는 남성이지만 사생아이자 동성애자, 범죄자이자 부랑아라는 사회적 낙인 속에서 기존의 규범과 대립하는 글쓰기를 시도했고, 식수가 말한 여성적 글쓰기의 한 형태를 구현했다. 식수에게 중요한 것은 글쓴이의 성별이 아니라, 억압된 목소리를 어떻게 언어로 회복하는가 하는 점이다.

여성적 글쓰기가 여성을 예속해온 가부장제에 금을 내는 '균열의 글쓰기', 이항대립을 파괴하며 한없이 열려 있는 텍스트로 나아가는 '개방의 글쓰기'라면, 『어머니』를 통해 '여성적 글쓰기'에 도달한다는 것은 두 사람(공동 회고록의 주체인 엄마와 나)의 정체성을 우리 스스로 정의한다는 의미였다. 그러나 샌드라 길버트와 수전 구바의 말처럼, 이 과정은 자기 정의에 개입하는 가부장적 정의로 인해 복잡해진다.[13] 나는 이 체제가 우리에게 무엇을 요구했는지, 억압했는지, 배제했는지 물어야 했다. 그 물음은 과거를 재인식하고 재구성하고 재해석하는 재再의 작업을 요청했다.

체제를 의심하는 글쓰기는 불온하다. '나는 가부장제의 타자였다고, 당신들이 구축한 세계에서 비존재였다'고 증언하는 일 또한 불온하다. 이것은 세계가 오랫동안 삭제하려 했던 이야기다. 침묵하던 자가 말하기 시작할 때 세계는 흔들린다. 그러니 이 불온함이야말로 이항대립을 파괴하는 도구이자, 열린 텍스트로 나아가는 입구가 아닐까?

식수가 여성적 글쓰기의 목표로 제시한 '파괴'를 나는 '재명명'으로 받아들인다. 기존 질서가 점유하던 장소를 부수고 나면 우리는 그 자리에 새로운 이름, 정확한 이름을 붙여야 한다. 부서진 자리에서 '다시' 이름을 불러야 한다. 이 명명은 단순한 언어 행위가 아니라 존재의 회복이며 정체성의 복권이다. 자기 정의, 불온한 증언과 고백, 재명명으로 이어지는 글쓰기. 이것이 『어머니』의 성패와 상관없이 내가 시도하려 했던 여성적 글쓰기다.

여성적 글쓰기가 '여성의 육체로 귀향하는 글쓰기' '여성의 몸으로부터 쓰이는 여성의 몸에 의한 글쓰기'라면, 이 정의가 가리키는 몸은 타자화된 대상이 아니다. 고유한 체험이 아로새겨진, 상흔이 켜켜이 쌓인 기록물로서의 몸이다. 여성적 글쓰기는 이 몸이 말하는 순간, 혹은 비명 지르는 순간에 출현한다. 몸안에 웅크리고 있던 상처가 이윽고 몸밖으로 터져나와 내지르는 비명은, 기존의 권력과 다른 방식으로 세상에 관여하거나 세상을 추동한다. 김혜순 시인의 표현을 빌리면 이 비명은 또한 "위반"이다.

그는 여성의 언어를 "이제까지 밖에서 주어졌던 자신의 정체성에 대한 반동으로부터 터져나"오는 "위반의 언어"[14]로 정의하며 다음과 같이 말한다.

그러나 이 위반의 자리에 서면, 시의 온전한 재료이며, 존재 비평인 언어마저도 여성 자신들의 것이 아니라는 엄혹한 현실이 닥쳐온다. 이렇게 부유하며 쫓기는 그 자리에서 여성들은 자신의 이름을 새로이 불러야 하며, 이 세상 모든 것들을 이름 없던 자신과 함께 파동하는 존재로 다시 불러야 한다. 이 세상 모든 것들을 다시 잉태하고, 분만해야 한다. 그것도 사랑의 이름으로. 그 명명의 자리에서 사랑의 아픔으로 뒤범벅된 여성 시인의 다양한 발성이 터져나오는 것이다.[15]

다시, 명명이다. 나 자신을, 나처럼 무명의 처지에 놓인 타자를 사랑의 이름으로 부르는 일. 이 이름이 부여한 임무는 세상이 믿어주지 않는, 어쩌면 믿고 싶어하지 않는 이야기를 하는 것이다. 저주받은 카산드라의 예언처럼. 세상이 듣지 않는 것을 말하기, 말하기로 세상의 질서를 교란하기, 교란된 틈새에서 미지의 언어와 사유를 길어올리기. 이것은 여성적 글쓰기가 감내해야 할 숙명이자, 여성적 글쓰기에 내재된 가능성이다.

IIⅠ

태양과 예언의 신인 아폴론은 트로이의 공주인 카산드라를 사랑하게 된다. 여자의 마음을 얻으려고 예언의 능력을 부여하지만, 구애를 거절당한 아폴론은 분노하여 저주를 내린다. 아무도 카산드라의 예언을 믿지 않게 하는 저주다. 트로이의 목마, 아가멤논의 죽음, 오디세우스의 유랑, 아이기스토스와 클리타임네스트라의 손에 죽을 자신의 운명까지, 카산드라의 예언은 모두 적중하지만 그의 말은 거짓말이나 정신이상자의 헛소리로 치부된다. 아무리 말해도 아무도 믿어주지 않는 운명. 카산드라는 무력한 말하기 속에서 파멸로 나아간다. 여성적 글쓰기가 전통적 체제를 해체하는 언어, 이항대립을 무너뜨리는 언어, 위반의 언어라면 이 언어가 필연적으로 감내해야 하는 운명은 저주에 걸린 카산드라의 상태, 즉 아무도 믿어주지 않는 상태이다.

신화의 바깥에 존재하는 현실의 여자들은 어떨까? 연인이 나를 죽이려고 한다고 말하는데 아무도 믿어주지 않는 것, 권력형 성범죄의 피해자가 가해 세력에 의해 '피해 호소인'으로 명명되는 것, 여자의 증언은 허위거나 과장이라고 단언하는 사람들 앞에서 말하기 자체를 차단당하는 것, 집요한 2차 가해에 시달리며 말할 수 없어지는 것, 도와달라는 요청이 묵살된 뒤 영영 입을 다물어버리는 것, 페미니스트로 정체화하는 순간 조롱과 협박이 날아드는 것, 그 집단적 폭력 앞에서 침묵을 강요당하는 것. 우리가 수없이 목도해온 상황들은 여전히 우리가 카산드라에게 내려진 저주로부터 자유롭지 않음을 증언하는 것이 아닐까?

언어에 대한 배신감, 즉 나의 것이라 여겼던 말이 나를 위한 것이 아니었다는 깨달음은 오래되었다. '그 사건' 이후 나는 한동안 세계를 구축하는 언어의 진실성을 의심하는 시간 가운데에 있었다. 내가 의지해온 진리, 배움, 삶의 방식이 실은 나와 근본적으로 유리된 것은 아닌지 의심했다. 나를 표현하고자 했던 도구가 나를 왜곡하고 축소하는 도구가 아닌지 의심했다. 삶을 이전과 이후로 가르는 사건을 겪은 뒤, 나는 모든 이야기를 다시 써야 했다. 정신적 문맹 상태를 벗어나 좋은 글의 의미를 재정의해야 했다.

의심은 이중의 구속이었다. 나는 언어의 진위를 의심했지만 세상은 자주 내 말의 진위를 의심했다. 진실은 하나의 형태로 존재하지 않으며, 진실의 객관성과 자명함은 허상이다. 그러므로 진실이 거짓을 이겼다는 환호 앞에서 우리는 누구의 진실이 승리했는지 되물어야 한다. 권력관계가 존재할 때 의심은 비대칭적이다. 여자의 진실과 남자의 진실이 대립하고, 힘있는 자의 진실과 힘없는 자의 진실이 대립하며, 다수자의 진실과 소수자의 진실이 대립할 때 세상은 말한다. 피해의식의 말을, 기존 질서에 대한 훼손의 말을, 주변부로 밀려난 말을 믿지 말라고.

카산드라의 이야기는 문학적 모계에 관한 은유다. 어쩌면 키르케, 메두사, 세이렌과 같은 신화 속의 모든 위험한 여자가 우리의 문학적 어머니들인지 모른다. 남성이 규정한 대로 호명되다 남성에 의해 제거된, 그러나 그 자신이 하나의 이야기로 남은 이 문학적 조상들은 우리에게 말한다. 이야기의 주체가 되라고, 등장인물이나 청중에 만족하지 말라고. 어머니들의 속삭임, 범박하고 소란스러운 세상의 말들로부터 귀를 닫을 때 들려오는 어머니들의 목소리가 '여성 작가 되기'에 대한 나의 불안을 잠재운다.

그리고 또다른 목소리가 들린다. 언어를 잃고 언어를 만드는 목소리, 아무도 믿어주지 않는 예언을 이어가는 목소리, 저주받은 카산드라의 딸들의 목소리다. 2016년 강남역 살인사건부터 2024년 딥페이크 성착취물까지(김혜순 시인이 파악한바 "억압된 자신의 욕망으로부터 벗어나는 것조차 두려워, 그것을 타자, 여성의 몸에 전가"하는, "거짓말과 환상으로 뒤덮인 상징화를 필요"로 하는 "마녀사냥"[16]), 이 시대의 마녀사냥은 면면히 이어져온 여성 혐오 역사의 단면이다. 그 역사의 목격자이자 당사자로서 카산드라의 딸들은 집안의 천사, 천사 같은 여자를 괴롭히는 괴물 같은 여자, 다락방의 미친 여자, 성녀, (이른바) 매춘부, 악녀, 마녀를 거부하는 동시에 그 여자들의 화신이 된다. 흑인 퀴어 페미니스트 오드리 로드의 말처럼 침묵은 우리를 보호해준 적 없기에 아무도 믿어주지 않는 이야기를 시작한다.[17] 나는 이 장대한 흐름 속에서 여성적 글쓰기의 일면을 발견한다. 변방에서 지

난한 실어의 시간을 보낸 자들로부터 마침내 터져
나온 몸에 의한 함성을 듣는다.

| 함께한 책

- 김혜순, 『여성이 글을 쓴다는 것은』, 문학동네, 2022.
- 샌드라 길버트·수전 구바, 『여전히 미쳐 있는』, 류경희 옮김, 북하우스, 2023.
- 엘렌 식수, 『메두사의 웃음/출구』, 박혜영 옮김, 동문선, 2004.
- 샌드라 길버트·수전 구바, 『다락방의 미친 여자』, 박오복 옮김, 북하우스, 2022.
- 오드리 로드, 『시스터 아웃사이더』, 주해연·박미선 옮김, 후마니타스, 2018.

내면의 유혈사태

: 잃어버린 것을 회고하는 일

나는 지금도 모든 페이지에서
그 유보의 흔적을 지목할 수 있다.
나에게 회고록은 완성할 수 없는 이야기이자
도달할 수 없는 문장이다.

엄마의 이야기를 쓰기. 이것은 글을 쓰는 사람이 되면서 내가 품은 꿈이었다. 대부분의 글쓰기가 그렇듯 나의 글도 '나는 누구인가?'라는 자기인식의 질문을 마주하면서 비롯했고, 이 질문은 필연적으로 나에게 가장 가깝고 나로부터 가장 멀리 떨어진 한 여자를 소환했다. 엄마가 누구인지, 그의 삶이 어땠는지, 그 여자로부터 이어진 나는 누구인지. 존재의 기원을 알고 싶은 욕망은 한 인간을 온전히 설명하거나 묘사할 수 없다는 불가능성을 무릅쓰게 했다. 어머니를 다룬 글은 차고 넘치지만, 마르그리트 뒤라스의 말처럼 어머니란 '가장 이상하고 예측이 불가하며 파악되지 않는 사람'이어서,[18] 글을 쓰는 사람에게 가장 어려운 대상이자 영원히 불가사의한 주제다.

나는 그 작업을 최대한 후일로 미루고 싶었다. 노년에 이르러 쓸 수 있는 글, 더는 쓸 것이 남아 있지 않을 때 쓸 수 있는 글, 어쩌면 마지막 책에나 쓸 수 있는 글이라고 생각했던 것이다. 그러나 엄마가 뇌지주막하출혈로 쓰러져 생사의 기로에 섰던 날 이후, 엄마의 이야기를 써야 한다는 생각은 강박적인 정도에 이르러서, 이 책을 쓰겠다는 다짐은 이것을 쓰지 못하면 아무것도 쓰지 못하리라는 예감으로 바뀌었다. 나와 가장 강렬하게 연결된 한 여자에 대해 사유하고 해석하고 언어화한 뒤에야, 나는 타자와 세계에 대해 이야기할 수 있을 것이다. 이 생각의 전환이 첫 회고록인 『나는 결코 어머니가 없었다』(이하 『어머니』)를 쓰게 된 이유다.

1년 반에 걸친 작업이 끝나고 책의 마지막 문장을 썼을 때, 원고의 첫 장으로 돌아가 헌사를 붙였다. "나의 '여성적 힘'에 뿌리가 되어준 고선희 님에게." 물리적 힘은 남성의 전유물처럼 생각되고 때로는 남성성 자체로 상정된다. 따라서 힘에 대해 이야기하려는 여성은 이 자질이 여성의 것이기도 하다는 점을 강조해야 한다. 여성성과 힘의 관계를 사유해야 하고, 축소된 언어의 새로운 가능성을 제시해야 한다. 이 책이 나와 엄마에게, 그리고 읽는 사람에게 도전으로 남으려면, 모계로부터 면면히 이어져 온 우리의 '여성적 힘'을 불러내야 한다고 나는 생각했다.

표제가 떠오른 것은 헌사를 쓴 뒤였다. 에밀리 디킨슨의 편지에서 옮겨온 문장 "I never had a mother"에서, 나에게 "어머니"는 실제 어머니보다 내면 깊숙이 자리한 어머니 원형이었고, "결코 없다"는 단언은 어머니 콤플렉스로부터 벗어나려는 분투의 표현이었다. 이 문장은 디킨슨에게는 고백이었을지 모르나 나에게는 선언이었다. "어머니가 원하는 사람이 되려고 삶의 한때를 바치고, 아무리 노력해도 그런 사람이 될 수 없다는 사실에 좌절하고, 마침내 어머니의 뜻대로 살지 않기로 결심한 딸에게는"[19] 어머니가 결코 없다.

우리는 어머니의 잃어버린 서사를 복기하면서 자신의 서사적 계보를 파악할 수 있다. 어머니로부터 분리되는 것은 관계의 단절이 아니라 삶의 주체로 서는 일이다. 바로 그때, 우리는 부서진 대지에 주체를 재건하고, 각자가 가진 여성적 힘을 재발견할 수 있을 것이다.

‘엄마와 나의 공동 회고록’이라는 부제를 붙인 이 책은 ‘엄마의 말하기’와 ‘나의 글쓰기’가 교차하면서, 엄마의 축약된 일대기에 나의 해석을 덧붙이는 구성이었다. 이 방식은 엄마를 인터뷰하는 작업과 엄마의 삶을 페미니즘의 관점에서 해석하는 작업을 병행하는바, 나는 엄마의 필경사가 되는 일이 자신의 이야기를 기록하지 못한 다수의 여성을 기록하는 첫걸음이 되기를 바랐다. 또하나의 소망은 ‘엄마에 대해’ 쓰는 것이 아니라 ‘엄마를’ 쓰는 것이었다. 이는 한 인간의 본질에 다가서겠다는 의미이므로, 그 바람이 설령 불가능한 것이어서 실현되지 않는다 해도 시도의 흔적만은 남기고자 했다.

집필 기간 내내 나는 ‘들어감’과 ‘물러남’의 길항이 불러일으키는 긴장감 속에 놓여 있었다. 들어감은 엄마의 삶에 대해 나의 주관과 판단을 유보하는 일, 유보한다는 사실조차 잊은 채 엄마의 시선으로 바라보고 엄마의 감정으로 느끼는 과정이었다. 한편 물러남은 내가 엄마에게 완전한 이방인이라는 사실을 거듭해서 깨닫는 일, 엄마의 일생을 텍스트로 삼아 그에게 결정적이었던 사건과 지배적이었던 감정을 독해하는 과정이었다. '공동 회고록'이라는 부제가 알려주듯 글쓰기의 대상은 엄마만이 아니었기에, 들어감과 물러남은 나 자신에게도 적용되어야 했다. 내면의 가장 어둡고 낮은 곳으로 내려가지 않으면 이 글쓰기는 실패할 것이었다.

내가 회고록에 요구되는 엄격한 기준들을 통과했다는 생각은 들지 않는다. 그런 점에서 『어머니』는 실패작일 수도 있고, 간발의 차로 실패를 모면한 글일 수도 있다. 다만 그 책을 쓰면서 알게 된 것은 회고하는 글쓰기의 무서움이었으니, 내가 하는 일은 대립하고 경합하는 진실 속을 헤매는 일이었다. 가족을 비롯해 사랑하는 사람들을 연루시키는 일이었고, 태만한 문장 하나로 타자에게 상처를 줄 수 있는 일이었다. 쓰고 말겠다는 목소리와 쓰고 싶지 않다는 목소리 사이에서 위태롭게 나아가는 일, 나의 분별력과 도덕성을 시험대에 올리는 일이었다. 그런 뒤에는 글을 읽은 사람이 나에 대해, 나와 연루된 사람들에 대해 어떤 말을 해도 변명할 수 없는 일이었다. 내 책의 경우, 그 대상은 내가 가장 사랑하고 내가 가장 모르는 사람—엄마였다.

나에게 이 글에 대한 권한이 있는지 확신할 수 없었다. 엄마의 발화는 나를 거쳐 재구성되고 재배열되기에, 내가 편집권을 행사한 이야기가 진실인지도 확신할 수 없었다. 엄마의 기억을 문장으로 옮기는 일이 고유한 서사를 침범하는 행위는 아닌지, 그의 말을 해석하는 일이 그를 대상화하는 프레임에 가두는 폭력은 아닌지 확신할 수 없었다. 이 '확신할 수 없음'이 내가 유일하게 확신할 수 있는 현실이었다.

"내가 (엄마에게) 주고 싶은 것은 엄마에 대한 책이 아니었다. 엄마가 자기 삶의 주인이 되는 사건이었다."[20] 그러나 실제로는 엄마의 다층적 이야기를 불완전하게 옮길 수밖에 없다는 무력감과, 매장된 과거를 파헤침으로써 당신의 평화로운 현재를 위협할지 모른다는 두려움에 시달렸다. 그 책을 끝맺었을 때는 회고록을 포함해 어떤 자전적 이야기도 다시는 쓰고 싶지 않았다.

그러나 이 진저리나는 실패의 연속에도 작은 성취가 있었으니, 그것은 폐허가 된 말에서 다시 시작하는 일이었다. 대상—엄마를 이해하는 데 끝내 실패한 나의 글은 감응하지 못한 자의 불완전한 말이었겠지만, 나는 실패한 그 자리에서 '이해하지 못함'을 이해하고 '말해지지 않음'을 말함으로써 거듭, 다시 실패할 것이었다.

ⅠⅠⅠ

글쓰기에 따라오는 내면의 유혈사태를 감당하면서까지 왜 회고록을 써야 했을까? 비비언 고닉은 『상황과 이야기』에서 '왜 회고록을 쓰고 싶어하는가?' '자신의 경험을 구체적 형태로 옮기고자 하는 욕망은 어디에서 비롯한 것인가?' 하는 질문에 대해 이렇게 분석한다. 목소리—호소와 통찰과 지혜를 담은, 그러나 새롭지 않은 목소리—의 힘이 생명력을 다한 시기에, 서사를 쓰고자 하는 갈망이 사실주의와 결합하여 출현했다고.[21] 내가 회고록을 써야 했던 이유도, 고닉의 말처럼 진지한 삶이란 반추하고 이해하고 증언하는 삶이라는 믿음 때문이었다.

그러나 개인적 믿음과 서사적 완결 사이에는 여전히 간극이 있다. 자기 인생을 이야기하는 것이 전부라면 회고록을 쓰는 사람은 있어도 읽는 사람은 없을 것이다. 실제 사건을 아무리 구체적으로 묘사해도 그 이야기는 자기에게 중요할 뿐 타인에게 중요

243

한 내용은 아니다. 따라서 회고록이 독자에게도 의미를 가진다면, 그것은 나열된 사건 때문이 아니다. 글쓴이가 자신과 맺고 있는 관계를 탐구함으로써, 경험 안에서 진실을 찾으려고 노력하기 때문이다. 서사적 완결은 자아의 복잡성을 이해하고 스스로의 이중성을 대면할 때 가능해진다.

이 가능성의 전제는 정직함이다. 그러나 정직함이란 삶에서도, 글에서도 얼마나 이루기 어려운 가치인가? 나의 부끄러움을 감추고 싶은 욕망, 나를 미화하고 싶은 욕망, 내가 인정하고 싶지 않은 진실을 상징이나 은유로 대체하고 싶은 욕망, 정직함이란 이 모든 욕망과 내전을 벌인 뒤에 도달할 수 있는 것 아닌가? 망설이다 끝내 쓰지 못한 문장, 썼다가 지운 문장, 말할 엄두도 내지 못한 문장이 있었다. 나는 지금도 모든 페이지에서 그 유보의 흔적을 지목할 수 있다. 나에게 회고록은 완성할 수 없는 이야기이자 도달할 수 없는 문장이다.

회고록을 '삶이라는 원료로부터 이야기를 끌어내는 일' '자아라는 개념에 의해 통제되는 일관된 서사적 산문'이라 정의했던 고닉은, 자신의 엄격한 기준에 따라 자전적 글쓰기의 교본이 되는 책을 써냈다.

뉴욕에서 태어나고 자란 '여성'이자 '유대계'이자 '도시 하층민'인 그가 "평생 서로의 생활 반경에서 벗어나지 못해 닮아버린"[22] 어머니와의 관계를 지독할 만큼 적나라하게 펼쳐놓은 『사나운 애착』이 그 작품이다. 작가와 어머니는 뉴욕의 거리를 걸으며 쉴 새 없이 이야기를 나눈다. 반추하고 대화하고 비판하고 언쟁한다. 이 집착적이고 균열적인 애정이 그려내는 서사의 끝에 어머니는 말한다. "그러니까 네가 다 써봐라. 처음부터 끝까지, 잃어버린 걸 다 써야 해."[23]

나에게 이 말은 이야기를 남기지 못한 모든 여성을 향한 전언으로 들렸다. 그 여성에는 나의 엄마도 포함되어 있었다. 결국 회고록이란 우리가 '잃어버린 것'을 되찾기 위한 지난한 여정이 아닐까? 내가 『어머니』를 쓰려고 인터뷰를 청했을 때 엄마는 이렇게 대답했다. "나는 평범하고 내 인생은 별 볼 일 없다." 엄마도, 엄마의 삶도 그의 말처럼 비범하거나 특별하지 않았다. 나도, 나의 삶도 마찬가지다. 평범하고 흔하고 보통인 사람들. 그러나 그런 우리에게도 결정적 순간이 있었음을, 그 순간으로 말미암아 우리는 지금의 우리가 되었음을 나는 반추하고 이해하고 증언하고 싶었다. "처음부터 끝까지 잃어버린 걸” 다 씀으로써.

ⅢⅣ

엄마가 잃은 것은 무엇인가? 그는 가부장제에 편입되면서 이름을 잃었다. 나는 이따금 엄마의 이름을 쓰거나 말해야 할 때마다 그 이름이 나에게 너무나도 생소하다는 사실을 깨닫고 소스라친다. 엄마에게는 장소도 없었다. 아내이자 며느리이자 어머니인 여자는 어디에나 있어야 했기에 어디에도 속할 수 없었다. 그러나 이름과 장소가 엄마가 잃어버린 전부일까? 그것은 표면적 상실일 뿐, 궁극적으로 잃어버린 것은 말하기 자체가 아닐까? 엄마는 혹독했던 시가살이 속에서 이렇게 결심했다. “아무에게도, 아무것도, 말하지도, 바라지도 말자.”

내가 나이기를 바라지 않는 사람들 앞에서 가장 먼저 버려야 하는 것은 말이다. 상대가 듣고 싶어하지 않는 말, 불화를 일으킬 말, 자신의 존재가치를 드러내는 말. 가정 안에서의 자신을 “있어도 없는 사람”이라고 표현했던 엄마는 침묵하는 자 또는 실어하는 자가 아니었는가? 침묵/실어는 단순히 말이 없는 상태, 즉 '말의 부재'가 아니다. 그것은 말없음을 강요받는 상태, 즉 '부재의 말'이다. 말하지 않음으로 말할 수밖에 없는 처지. 이는 살아남기 위해 선택(하지 못한 채 선택)하는 생존의 언어다.

차별과 폭력을 마주하며, 나의 육체와 정신이 침범당하는 일을 겪어내며 내가 잃어버린 것은 무엇인가? 그 일들이 있기 이전의 나와 이후의 나는 표면적으로 같은 사람이지만 내 안의 무엇인가가 사그라졌다. 내가 잃은 것은 나 자신에 대한 믿음일 수도, 나를 지키기 위해 저항하는 능력일 수도, 미래를 설계할 야망일 수도 있었다. 그러나 나 또한 궁극적으로는 말하기를 잃었다. 네가 겪은 일을 공개하지 말라고, 분노를 드러내지 말라고, 세상과 싸우지 말라고 조언하는 사람들 곁에서, 나도 평화를 위해 말을 가장 먼저 버렸다.

엄마와 나의 공동 회고록을 쓰는 일은 우리의 목소리를 되찾아 말하는 과정이었다. 침묵의 계보를 끊은 자리에 말하기의 계보를 세우고, 말할 수 없었던 여자의 이야기에서 말하고자 하는 여자의 이야기로 이행해가는 여정이었다. 그래서 다시, 여성적 힘에 대해 생각한다. 그것이 의미하는 바가 무엇인

지 생각한다. 한때 우리는 침묵으로써 우리를 보호
하려 했으나, 지금은 존재한다는 것이 곧 말한다는
의미임을 안다. 나 자신으로서 말하기, 위반된 언어
로 말하기, 단상 위에서 말하기. 또다시 내면의 유혈
사태를 겪더라도 나는 잃어버린 것을 회고함으로써
계속 말하고 싶다.

| 함께한 책

- 마르그리트 뒤라스·레오폴디나 폴라타 델라 토레, 『뒤라스의 말』, 장소미 옮김, 마음산책, 2021.
- 하재영, 『나는 결코 어머니가 없었다』, 휴머니스트, 2023.
- 비비언 고닉, 『상황과 이야기』, 이영아 옮김, 마농지, 2023.
- 비비언 고닉, 『사나운 애착』, 노지양 옮김, 글항아리, 2021.

주

1부 책상 위에서

1 주디스 허먼, 『트라우마』, 최현정 옮김, 사람의집, 2022, 74~75쪽.
2 버지니아 울프, 『자기만의 방·3기니』, 이미애 옮김, 민음사, 2006, 39쪽.
3 주디스 허먼, 앞의 책, 45쪽.
4 같은 책, 327쪽.
5 리베카 솔닛, 『세상에 없는 나의 기억들』, 김명남 옮김, 창비, 2022, 58~59쪽.
6 이라영 외, 『여자를 모욕하는 걸작들』, 문예출판사, 2023.
7 시몬 드 보부아르, 『제2의 성』, 이정순 옮김, 을유문화사, 2021, 556쪽.
8 같은 책, 304쪽.
9 리베카 솔닛, 앞의 책, 60쪽.
10 주디스 허먼, 앞의 책, 26쪽.
11 수전 브라운밀러, 『우리의 의지에 반하여』, 박소영 옮김, 오월의봄, 2018.
12 하재영, 『친애하는 나의 집에게』, 라이프앤페이지, 2020, 218쪽.
13 같은 책, 215~216쪽.
14 마르그리트 뒤라스·미셸 포르트, 『뒤라스의 그곳들』, 백선희 옮김, 뮤진트리, 2023, 129쪽.
15 Tony Morrison, 'The Art of Fiction No. 134', *The Paris Review*, Issue 128, Fall, 1993.
16 이-푸 투안, 『공간과 장소』, 윤영호·김미선 옮김, 사이, 2020.
17 마르그리트 뒤라스·미셸 포르트, 앞의 책, 13쪽, 15쪽.

2부 거울 앞에서

1 록산 게이, 『헝거』, 노지양 옮김, 문학동네, 2024, 232쪽.
2 캐럴라인 냅, 『욕구들』, 정지인 옮김, 북하우스, 2021, 18쪽.
3 같은 책, 28쪽.

4 같은 책, 18쪽.

5 같은 책, 49쪽.

6 같은 책, 197쪽.

7 같은 책, 197쪽.

8 같은 책, 198쪽.

9 캐럴라인 냅, 『드링킹, 그 치명적 유혹』, 고정아 옮김, 나무처럼, 2017, 19쪽.

10 같은 책, 92쪽.

11 아니 에르노, 『세월』, 신유진 옮김, 1984BOOKS, 2022, 123쪽.

12 트레시 맥밀런 코텀, 『시크THICK』, 김희경 옮김, 위고, 2021, 71쪽.

13 나오미 울프, 『무엇이 아름다움을 강요하는가』, 윤길순 옮김, 김영사, 2016, 104쪽.

14 비비언 고닉, 『아무도 지켜보지 않지만 모두가 공연을 한다』, 서제인 옮김, 바다출판사, 2022, 60쪽.

15 같은 책, 60쪽.

16 러네이 엥겔른, 『거울 앞에서 너무 많은 시간을 보냈다』, 김문주 옮김, 웅진지식하우스, 2017.

17 같은 책.

18 로라 베이츠, 『목록』, 황가한 옮김, 알에이치코리아, 2023, 17쪽.

19 같은 책, 20쪽.

20 같은 책, 31쪽.

21 같은 책, 31쪽.

22 같은 책, 30쪽.

3부 짐승 곁에서

1 조앤 디디온, 『상실』, 홍한별 옮김, 책읽는수요일, 2023, 46쪽.

2 같은 책, 49쪽.

3 같은 책, 50쪽.

4 같은 책, 261쪽.

5 도나 해러웨이, 『해러웨이 선언문』, 황희선 옮김, 책세상, 2019, 129쪽.

6 같은 책, 129쪽.

7 할 헤르조그, 『우리가 먹고 사랑하고 혐오하는 동물들』, 김선영 옮김, 살림, 2011, 122쪽.

8　전의령, 『동물 너머』, 돌베개, 2022, 17쪽.

9　도나 해러웨이, 앞의 책, 117쪽.

10　같은 책, 133~134쪽.

11　같은 책, 118쪽.

12　같은 책, 125쪽.

13　같은 책, 136~137쪽.

14　수전 손택, 『타인의 고통』, 이재원 옮김, 이후, 2004, 14쪽.

15　하재영, 『아무도 미워하지 않는 개의 죽음』, 잠비, 2023, 63쪽.

16　같은 책, 304~305쪽.

17　수전 손택, 앞의 책, 64쪽.

18　같은 책, 67쪽.

19　같은 책, 159쪽.

20　신형철, 『몰락의 에티카』, 문학동네, 2008, 5쪽.

21　알베르 카뮈, 『반항하는 인간』, 김화영 옮김, 책세상, 2025년, 29쪽.

22　하재영, 앞의 책, 101쪽.

23　같은 책, 211쪽.

24　같은 책, 223쪽.

25　리베카 솔닛, 『멀고도 가까운』, 김현우 옮김, 반비, 2016, 158쪽.

26　이라영, 「애도의 윤리」, 한겨레, 2018. 10. 24.

27　수전 손택, 앞의 책, 167쪽.

28　같은 책, 207쪽.

29　하재영, 앞의 책, 340쪽.

30　마사 C. 누스바움, 『동물을 위한 정의』, 이영래 옮김, 알레, 2023, 47쪽.

31　진 커제즈, 『동물에 대한 예의』, 윤은진 옮김, 책읽는수요일, 2011, 308쪽.

32　샬럿 E. 블래트너·켄드라 콜터·윌 킴리카 엮음, 『동물노동』, 평화·은재·부영·류수민 옮김, 책공장더불어, 2023, 20쪽.

33　같은 책, 21쪽.

4부 언어 속에서

1　일레인 스캐리, 『고통받는 몸』, 메이 옮김, 오월의봄, 2018, 8쪽.

2　같은 책, 8쪽.

3　버지니아 울프, 『존재의 순간들』, 최애리 옮김, 열린책들, 2022, 124쪽.

4 같은 책, 123쪽.

5 같은 책, 123쪽.

6 김혜순,『여성이 글을 쓴다는 것은』, 문학동네, 2022, 6쪽.

7 샌드라 길버트·수전 구바,『여전히 미쳐 있는』, 류경희 옮김, 북하우스, 2023, 26쪽.

8 토니 모리슨은 미국 언론인이자 티브이 진행자인 찰리 로즈와의 PBS 인터뷰(1998년 1월 19일 방영)에서 이 같은 내용을 언급한 바 있다.

9 하재영,『나는 결코 어머니가 없었다』, 휴머니스트, 2023, 10쪽.

10 엘렌 식수,『메두사의 웃음/출구』, 박혜영 옮김, 동문선, 2004, 18쪽.

11 같은 책, 18쪽.

12 같은 책, 30쪽.

13 샌드라 길버트·수전 구바,『다락방의 미친 여자』, 박오복 옮김, 북하우스, 2022, 147쪽.

14 김혜순, 앞의 책, 7쪽.

15 같은 책, 7쪽.

16 같은 책, 220쪽.

17 오드리 로드,『시스터 아웃사이더』, 주해연·박미선 옮김, 후마니타스, 2018, 47쪽.

18 마르그리트 뒤라스·레오폴디나 폴라타 델라 토레,『뒤라스의 말』, 장소미 옮김, 마음산책, 2021, 10~11쪽.

19 하재영, 앞의 책, 12쪽.

20 같은 책, 15쪽.

21 비비언 고닉,『상황과 이야기』, 이영아 옮김, 마농지, 2023, 106쪽.

22 비비언 고닉,『사나운 애착』, 노지양 옮김, 글항아리, 2021, 72쪽.

23 같은 책, 301쪽.

　　　　　　　　이라영_문화평론가

개인에게 '얼어붙은 기억'이 생동하는 언어가 되어 흘러나오면 무슨 일이 벌어질까. "말하기로 세상의 질서를 교란하기" 위해 하재영은 무섭게 읽고 쓴다. 읽기와 쓰기는 여러 가지 역할을 하지만 그중 하나는 고통의 이해이다. 하재영의 책 읽기도 시종일관 고통을 붙들고 있다. 자신의 고통과 타인의 고통을 알고, 이해하고, 때로는 맞서기 위해서다. 고통의 경험자로서, 목격자로서, 혹은 동반자로서 작가는 집요하게 그 실체를 어떻게 해서든 언어화하려고 분투한다.

그러나 고통의 언어화는 두께를 알 수 없는 벽 앞에서 좌절당하기 십상이다. 단지 물리적 고통을 언어로 전환시키는 어려움 때문만은 아니다. 고통에 솔직해야 하지만 무책임한 분출이 되어서는 안 되기에 그 적절한 지점을 찾아가는 일은 늘 글쓰기가 마주하는 어려움이다. 하재영의 글 속에서 이런 고민이 읽혀서 반가웠다. 글에서 드러나는 '주저하는 흔적'은 글쓰기에 대한 윤리적 그림자이다.

　무엇보다 그의 글에는 특히 몸에 대한 고뇌가 가득하다. 여성의 언어와 몸의 역사 속에는 공통적으로 폭력의 역사가 배어 있다. 그것은 쉽게 꺼내거나 잘라낼 수 없기에 흔적이 남고 나의 일부가 된다. 그렇기에 제 언어를 찾기 위해서는 끝내 자신에게 상처내는 과정이 필요하다. 하재영 또한 남성의 시선과 남성의 언어에서 벗어나려고 분투해왔으며 이 책에는 그 과정이 고스란히 담겼다. 『지극히 나라는 통증』은 나의 몸, 나의 언어, 나의 자리가 형성되어온 과정에 대한 자기분석이며 대항 언어를 찾아 나서는 여정이다. 하재영이 여성의 몸에 대한 강박을 고백할 때 '정직함'을 발견했고, 알코올 사용 문제를 고백할 때는 술자리 건너편에 함께 앉고 싶었다. 이제 독자들이 마주앉아 고백을 이어갈 때다. 각자의 결핍과 중독, 폭력의 역사에 대해.

지극히 나라는 통증

: 비로소 나아가는 읽기, 쓰기

ⓒ 하재영 2025

초판 인쇄 2025년 9월 17일 | 초판 발행 2025년 9월 30일

지은이 하재영
책임편집 권한라 | 편집 고아라 김혜정
디자인 최효정
마케팅 정민호 서지화 한민아 이민경 왕지경
          정유진 정경주 김혜원 김예진 이서진
브랜딩 함유지 박민재 이송이 박다솔
          조다현 김하연 이준희
저작권 박지영 형소진 주은수 오서영 조경은
제작 강신은 김동욱 이순호 | 제작처 한영문화사(인쇄) 신안문화사(제본)

펴낸곳 (주)문학동네 | 펴낸이 김소영
출판등록 1993년 10월 22일 제2003-000045호
주소 10881 경기도 파주시 회동길 210
전자우편 editor@munhak.com
대표전화 031)955-8888 | 팩스 031)955-8855
문학동네카페 http://cafe.naver.com/mhdn
인스타그램 @munhakdongne | 트위터 @munhakdongne
북클럽문학동네 http://bookclubmunhak.com

ISBN 979-11-416-0258-1 03810

www.munhak.com